조흔파얄개걸작시리즈 8

얄개·에너지 선생

조흔파 지음

동서문화사

일러스트 : 백인수

머리글

　책에 머리말을 쓰는 것이 어떤지 자화자찬 같아서 굳이 사양을 하다가, 이 선집의 다른 책들에도 다 있다 하므로 체제를 갖추기 위해 몇 자 적어 보기로 한다.
　―어른을 위한 소설이 많고 어린이에게 읽히려는 작품도 많다. 그러나 인생의 너무 심각한 면을 취급하여 깊이 파고드는 소설은 학업을 닦고 있는 독자에게는 정신적으로 너무나 큰 부담이 될 것이요, 또 '파랑새' '노랑나비' '빨간꽃' …… 이런 것들이 즐겨서 주인공으로 등장하는 작품은 유치원생에게나 적당할 것이고 보면, 그 중간 쯤 되는 독자를 위한 중간 쯤 되는 소설이 필요하다고 나는 평소부터 굳게 믿어 왔다.
　태산같이 여겨지던 입학시험에 합격하여 진학하였고, 앞에 또 있을 입학시험은 아직 멀었는데 몸은 건강하고 정신도 건전하다. 게다가 인생은 바야흐로 청춘이 되려 한다.
　여기서 어른들 세계에 궁금증이 나고 사랑이란 무엇이냐는 의아심도 품게 된다. 이러한 궁금증과 의아심을 다소나

마 풀어 주는 청량제 삼아, 웃음으로 엮어내는 이야기들을 이 한권 책에 담아본 것이다.

  읽으면서 웃고, 웃고 나서 생각하자. 인생이란 반드시 괴로운 것만도 아니라는 점을 여러분이 깨달아 준다면 작자의 기쁨은 이보다 더한 것이 없겠다.

조흔파

얄개·에너지 선생
차례

머리글

구리귀신 … 7
진객(珍客) … 27
사감(舍監) 선생 … 43
계엄 부사령관 … 48
오수부동(五獸不動) … 65
일당백(一當百) … 70
또 하나의 포고령 … 82
공청회(公聽會) … 90
동티 … 94
죽어도 좋아 … 110
왜 그런지 나도 몰라 … 130
싸움 아닌 싸움 … 150
큰 선물 … 159
부처님 … 163

덜렁덜렁…170
실험용 환자…174
어머니의 특파원…183
산장일화(山莊逸話)…187
승속혈투(僧俗血鬪)…196
시담회(試膽會)…214
전화위복…227
매형 후보…235
거북이…239
산타클로스…247

구리귀신

정월 초하루 아침.

그러나 나는 세배할 데가 없다. 아버지가 집에 안 계시기 때문이다. 세상을 떠나신 것도 아니요, 먼 곳에 가 계신 것은 더더구나 아니다. 어젯밤에는 집에 계셨다. 그리기에 내가 묵은세배를 하고 5백 원짜리 한 장을 얻어 쥔 것이 아니겠는가.

어머니는 집에 계시다. 허지만 머리가 아프다고 간밤부터 드러누워 계시니 세배 받을 경황이 없으실 게다. 어머니는 해마다 크리스마스 이브와 섣달 그믐날 밤이면 골치가 쑤신다고 자리에 눕는 버릇이 계시다. 이것은 연중행사처럼 어김없이 지키는 관례인 것이다. 물론 우연의 일치이겠지마는 일 년에 두 번씩 정기적으로 오는 어머니의 두통은 공교롭게도 아버지가 이것도 연중행사처럼 밤을 밖에서 새우고 집에 안 돌아오시는 것과 때를 같이하여 이루어진다. 아버지는 큰 회사의 사장이니까 그날만큼은 회사의 중역이나 간부 직원들하고 크리스마스 파티와 망년회를 해야 한다면서

집에 안 들어오도록 되어 있다. 어머니는 재수가 나쁜 분인가 보다. 왜 하필이면 그런 때 두통이 나서 파티에도 참석하지 못하느냐 말이다. 그런데 이날은 아버지의 행방과 거처를 종잡을 수가 없다. 다른 날 같으면 어디에 잠깐 가서 계시더라도 실황 중계방송이나 하듯이 연신 집으로 전화를 걸어오시건만 크리스마스이브와 섣달 그믐날만은 행방은커녕 생사조차 불명이니, 어머니의 병환이 급작스레 악화되어 무슨 일을 당하게 되더라도 연락할 길이 막연하다. 그렇지만 두통이 악화되어 본대야 별 것이겠는가. 두통으로 생명을 잃었다는 말은 별로 들어보지 못하였다. 이날은 운전수 차 서방까지도 별로 할일이 없어서 집에서 빈둥빈둥 놀고

지낸다. 아버지는 자가용 차를 두고도 이 날만은 영업용 택시를 이용하는 모양이다. 차 서방은 사람이 좋다. 그는 노상 입버릇처럼,

"난 아마 세상에 날 적부터 운전수 노릇이나 해 먹으란 팔잔가 봐요."

나를 붙잡고 이런 말을 곧잘 한다.

"어째서?"

"그러니까 성이 차(車) 씨지요."

"하하하, 그건 그렇지 않아. 물에서만 사는 사람에게 육(陸) 씨가 있구, 육지에만 사는 이두 지(池)가 하(河)가가 있거든."

"그건 가외구요. 역시 나는 차를 끌어 차씨죠."

이렇듯이 운전수를 천직으로 아는 차 서방은 사람됨이 또한 충직하다. 오늘은 이름 있는 날인데다가 아버지가 안 돌아오실 것이 뻔하고 게다가 집에는 식구들이 있다면서도, 언제 아버지한테서 차를 가지고 오라는 연락이 있을는지 모른다며 가지 않고 전화를 기다리는 그런 인물이다. 차 서방은 무식하지만 난 차 서방한테서 배운 것이 많다. 장기도 그렇고 윷놀이도 그렇다. 앞으로는 마작도 바둑도 가르쳐 준다고 한다. 허지만 나는 그런 것보다도 자동차 운전을 배우고 싶은데, 그 얘기만 꺼내면 차 서방은 질겁을 한다.

"고만 두슈. 운전은 배워서 뭘 하게요."

"배울 수 있는 건 다 배워 둬야 하지 않어?"

"천만에요, 난 그 놈의 운전을 배운 탓에 평생 이 짓을 하구 지내지 않소이까? 물론 성이 차가인 탓이 있지만 서두요. 작은 데련님이야 운전수를 두고 차를 타게 되셔야지 손수 운전대를 잡다니 말이나 됩니까요."

―나는 차 서방이 갑자기 보고 싶어졌다. 보고 싶어졌다기보다 내기 장기를 두어서 돈을 좀 따고 싶었다. 차 서방은 장기를 내게 가르쳐 준 선생이건만 내가 차·포(車·包)만 떼고 두면 영락없이 진다. 이렇게 되면 차 서방은 또 한번 칭찬을 한다.

"데련님은 정말 머리가 좋으셔. 내가 선생이지만 꼼짝을 못하겠단 말이요."

하며 지고서 좋아한다. 그러나 이것은 일부러 져주는 것인지도 모른다. 무식한 사람이 나이가 들면 내숭스러워지는 법이니 알 수가 없다. 그냥 둘 때는 지더라도 정작 내기를 건다고 하면 긴장해서 이길는지도 모를 일이 아닌가.

나는 호주머니 속에 들어있는 빳빳한 5백 원짜리를 만져 보았다.

'요것이 나가서 새끼를 쳐가지고 온다?'

그랬으면 좋겠지만 기대와는 반대로 부스러져서 돌아올 수도 있겠고, 아주 없어져 버리는 경우도 있겠다.

'노름은 벌충에 망한다던데.'

돈은 늘여서 쓰는 것은 좋은 일이지만 송두리째 없어지는 날에는 큰일이다. 이렇게 되니 또 한번 아버지가 원망스럽다.

'쩨쩨하게 5백 원이 무어람. 설이라구 일 년에 한번 주면서 고작 5백 원이야?'

아버지는 경제인이면서도 물가가 오르는 것은 모르는 모양이다. 물가가 오를 뿐 아니라 내가 또 이렇게 자라고 있지 아니하냐. 사람이 자라면 돈쓸 데도 많아지는 것 쯤 모르실 분이 아닌데 어쩌자고 3년 전이나, 작년이나 또 금년이나 똑같이 5백 원만 주고는 시침을 뚝 따신단 말인가. 생각해 보면 야속한 일이다. 어젯밤에 5백 원이 적다고 항의를 하였더니 아버지 말씀이,

"5백 원이면 화폐 개혁 전의 5천환이다. 무서운 돈이지."

하시는 것이었다. 그럴 거라면 어째서 자유당 시절의 화폐 개혁 이야기는 안하시는지 모른다. 지금의 5백 원이 그때 돈 50만 원이 아니냐. 좀 더 거슬러 올라가서 광무(光武), 융희(隆熙) 때는 어떻고, 그 전으로 더 올라가서 이조 말엽엔 화폐가치가 어쨌단 말이냐. 그런 것은 하나마나 한 말이건만 아버지는 돈 가치를 강조할 때면 으레 용대기 내세우듯 옛날 돈 값을 말씀하신다.

그러나 이제 와서 아무리 불평을 늘어놓아 보아도 소용이 없는 일이다. 무슨 조화를 부려서라도 돈을 불려야겠다.

'어떻게 한다?'

생각할 것도 없다. 하려고만 들면 쉽게 될 길이 있기도 하다. 차 서방하고 돈내기 장기를 두는 따위의 모험을 안 하고도 안전한 길이 있다. 그것은 다름이 아니라 형 수길(壽吉)이에게 꾸벅 절을 한번 하기만 하면 된다. 내가 중학교 1학년이고 형이 중 3이니까, 나이라야 겨우 두 살 밖에 차이가 안 지지마는 그래도 형은 형이니 기가 막힌다. 다른 일이라면 몰라도 수길이가 형이고 내가 동생이라는 이 엄연한 사실은 고치거나 바꿀 수가 없으니 더욱 가슴이 떨린다. 글쎄 어쩌다가 순서가 그렇게 됐느냐 말이다. 형보다 내가 먼저 세상에 태어났으면 얼마나 좋았겠는가.

"……평생에 고쳐 못할 일은 이 뿐인가 하노라."

정 송강(鄭松江)의 시조 한 줄을 끌어다가 외어 보면서 못내 속 태우는 나, 고수동(高壽童)이다.

그런데 이 형이 해마다 정월 초하루가 되면 내 세배를 받고 싶어서 여간 안달이 아니다. 나한테서 늘 충분한 대접을 못 받는 것이 마음 아픈 모양이다.

"내게 세배하문 백원 주지."

이게 그러께 정초였고, 작년은 50원을 올려 150원을 준다 했고, 금년은 다시 50원 증액해서 2백원을 세배 값으로 내겠다고 하였다. 이렇게 막대한 현상금을 걸었으나 난 대꾸도 하지 않았다. 돈이면 돈이지, 사나이 대장부가 마음에도 없는 것을 돈에 팔려서 머리를 수그릴 수 있을까보냐. 어림도 없는 소리다. 한말(韓末) 지사(志士) 단재(丹齋) 신채호(申采浩) 선생은, 사나이가 어떠한 경우에라도 허리를 굽힐 수가 없대서 세수를 할 때에도 꼿꼿이 앉은 채 손으로 물을 움켜다가 얼굴을 씻었기 때문에 물이 동정 사이로, 토수 속으로 흘러들어, 세수 한번 할 적마다 옷 한 벌씩을 버렸다는 일화가 있다. 그렇게까지는 못할망정 돈 2백원 때문에 2년 맏이 형에게 세배를 하다니 어디 될 법이나 한 소리냐. 나는 금력(金力)에도 권력에도 굴복하지 않을 각오와 결심이 충분히 되어 있다.

'그러면 어떡하는 것이 좋아?'

큰누나 송지(松枝)를 졸라 볼까. 송지 누나는 대학생이니까 체면 불구하고 조른대도 '프라이드'에 하나도 손상될 것이 없다.

'그러나 잘 들어 줄까?'

여기에는 자신이 없다. 송지 누나는 의학을 전공하는 사람이라 과학자답게 새치름하고 쌀쌀맞다. 아무리 그렇다지만 미리부터 질겁을 할 것은 없지 아니하냐. 죽이 되건 밥이 되건 부딪쳐는 봐야 하지 않겠는가.

'그건 그렇다.'

비로소 낙관적인 해답을 얻은 나는 송지 누나가 연구실로 쓰고 있는 2층 그의 서재로 갔다. 노크를 했더니 방안에서

밝은 소리가 튀어나온다.

"네."

나는 문을 열고 안으로 들어갔다.

"누나!"

"오, 너 마침 잘 왔다."

정월 초하루 아침이라는데도 송지 누나는 놀러 나갈 생각을 않고 공부에만 열중한다. 다른 집 누나들은 댄스파티를 가느니 올 나이트를 하느니 하고 법석을 떠는 날이건만 송지 누나에게는 그런 여자동무나 남자친구보다, 실험용 마르모트나 마우스, 토끼 따위하고 놀기가 더 즐겁고 재미나는 모양이다. 약 냄새가 섞인 후끈한 공기 속에서 마르모트를 주무르고 있던 송지 누나가 곱게 웃으면서 나를 환영하는 까닭은?

"뭐가 잘 왔어? 미리 말해 두지만 세배하러 온 건 아니야."

"물론이야, 세배를 받아 봐두 별루 신통할 거 없다."

"절하는 절차는 생략하구 세뱃돈 좀 줬으면 좋겠건만."

"그야 의논에 따라선 줄 수도 있지. 하지만 돈보다도 몸에, 즉 건강에 썩 좋은 일을 내가 한 가지 해 줄까? 굉장히 좋은 주사약을 발명했어. 그걸 한대 놔 줄게."

"싫어."

"왜? 날 못 믿니?"

"누나는 믿지만 약을 안 믿어."

"동물 실험에서 좋은 효과를 얻었다. 마르모트나 마우스, 토끼에게 모두 좋은 반응이 나타났다."

"그러니까 사람으룬 내가 제일 처음 실험용으로 사용되는 거지?"

"아니야, 이젠 임상용(臨床用)으루 쓸 만하게 됐다."

"어떻든 사람에겐 처음 써보는 거 아니야?"

"그건 그렇지."

"그러니까 그만 두겠어."

"수동아, 네가 몰라서 그러지, 온 인류에게 놀랄만한 공헌을 하게 될 약을 맨 처음에 써볼 수 있는 영광스러운 기회를 네게 주려는 거다. 너, 우두(牛痘) 얘기 모르니? 1778년에 영국 사람 의사 제너가 발명해서 제일 처음으루 자기 아들의 팔에 놓아봤다는 거야."

"누나도 이 담에 시집가서 아들을 낳거든 그 주사를 놔 봐."

"수동아."

누나의 음성은 날카로웠다.

"왜 그래."

"나가! 보기두 싫어."

"정월 초하루부터 이럴 거 없지 않어? 보기 싫은 건 나두 동감이야."

회담은 드디어 결렬되었다. 큰누나는 이것이 병이다. 사람만 보면 주사를 놓고 싶어서 덤빈다. 감자 고구마에 침을 놓든, 애호박에 말뚝을 박든 그야 상관이 없겠지마는, 적어도 만물의 영장인 사람의 살에다가 주사를 놓지 못해 안달을 하는 것은 분명 악취미에 속한다. 나는 예수 그리스도가 아니니까 굵건 가늘건 간에 내 몸에 못을 박는 것을 용납할 수는 없다. 다른 아이 누나들은 바늘이라면 편물하는 대바늘, 아니면 수놓는 바늘이나 만지고, 연장이라 할지라도 재봉 칼, 재봉 가위나 주무르기가 고작인데, 우리 누나는 어떻게 된 사람이 위험천만한 주사바늘 아니면 해부용 가위나 수술용 메스를 뽑아 들고 야단이니 집안 분위기가 살벌해서 걱정이다. 깨끗한 화병에 꽃꽂이나 하면 좀 좋으냐. 밤낮 푸줏간 주인 모양, 쥐나 토끼를 방안에 끌어들여 찌르고 자르고 하니, 송지 누나네 자형이 어떤 사람이 되려는지 생각만하여도 지금부터 가련하다. 나는 실험실 문을 탁 닫고 돌아서면서,

"송아지 송아지 얼룩 송아지······."

하고 동요 한가락을 불러 넘겼다. 이것은 송지 누나가 가장 싫어하는 노래이다. '송지'라는 이름과 '송아지'가 그 발음이 비슷하기 때문이다.

둘째 누나의 이름은 매지(梅枝)다. 두 누나의 이름은 송죽매(松竹梅)를 따서 송지니 매지니 한 모양이지만 송지는 송

아지에, 매지는 망아지와 음이 통할 뿐 아니라 망아지를 줄여서 매지라고 말하는 고장도 있으니 그리 좋은 이름 같지는 않다. 내가 만일 송지, 매지 두 누나 사이에 딸로 태어났더라면 영락없이 죽지(竹枝)가 되었을 것이다. 성이 고가니까 고죽지, 어떻게 잘못 듣는 날에는 '곧 죽지[即死]'가 되기도 쉬웠을 게다. 누나들 이름을 한참 흉봤지만, 내 이름도 그리 마음에 들지 않는다. 수동이가 뭐냐, 수동이가. 나하고 성은 다르지만 정수동이라는 가난뱅이 이야기가 있지 아니하냐. 그렇지만 나는 아마 가난해지지는 않을 것이다. 5백원을 가지고 있으면서도 더 얻지 못해서 애쓰는 극성꾸러기니까. 매지 누나쯤이라면 윷놀이를 해서 떼를 쓰면 얻을 수도 있겠다 싶어서 그 방으로 가 보았더니 열심히 피아노를 치고 있느라고 정신이 거의 없었다. 고3에 재학중이면서 음악대학에 입학하기가 소원인 작은 누나는 윷 치기보다 피아노 치기를 더 좋아한다. 끝으로 형 수길이 방으로 갔다.

"오, 이제야 너 회개하구 나한테 세배하러 왔구나."

하며 반가이 맞아 준다.

"모르는 소리 말아. 형이 나한테 세배하문 내가 5백원……."

"줄래? 준다문 한다."

"5백원 받는다."

"말 같지두 않는 소릴 하구 있어."

형은 아침에 배달된 연하장과 현관 밖에 놓아둔 명함받이

상자에서 꺼내온 손님들의 명함을 정리하기 시작한다. 우리 집은 해마다 이날에는 아버지가 집에 안 계시므로 손님 접대를 아니하고, 다만 현관 밖에 명함받이 상자를 놓아두고 세배꾼의 명함만 받아서 거둬들이는 가풍인 것이다.

 여기서도 나는 할 일이 없으므로 식모할멈 방으로 가보았더니 차 서방도 거기 있으면서 할멈과 단둘이서 심심풀이로 화투를 치고 있었다.

 "에그, 작은 데련님 나오시는군요."

 할멈은 얼굴 전체에 가로세로 주름을 잡으며 찡긋 웃더니 화투목을 얼른 치워버린다.

 "차 서방, 좀 비키우, 데련님 앉으시라구."

 "난 괜찮어, 그냥들 해. 나두 한몫 끼어들까?"

 "원, 당치두 않은 말씀을. 할 일두 없구 해서 파적거리루 놀던 건데 데련님께 들키구야 말았군요. 헤헤헤."

 "나두 할 일이 없어서 그래."

 "데련님이야 가정교사 어른하구 공부를 하셔야지요."

 "공부는 할 때 하지 아무 때나 하나? 게다가 양 선생님은 세배 다닌다구 새벽같이 나갔어."

 "내 그, 양 선생이란 분 마땅치 않다니까. 데련님 글 가르칠 생각은 않구서 제 공부만 한다니까."

 "그렇기가 다행이지 뭘 그래. 나만 붙잡구 공부만 자꾸 시켜봐. 아이, 내가 못 살거야."

"그럴래문 숫제 밥을 덜 먹거나, 밥은 한 그릇 반씩이나 때려 먹으면서 제 공부만한대서야 말이 됩니까?"
"그렇지 않어. 할멈이 몰라서 그러지, 내 숙제를 얼마나 잘해 준다구. 난 자구 있어두 양 선생이 다 해준단 말이야."
잠자코 있던 차 서방이 말참견을 한다.
"데련님, 난 잘은 모르지만 우리 집 아이 놈두, 걸레 같은 학교지만 중학교라구 다니는데 숙제는 꼬박이 제 손으로 하던데요."
"차 서방 아저씨네 집에 가정교사 있어?"
"원, 그런 게 있을 리 있어요?"
"그러니까 그렇지. 가정교사가 있구서두 숙제를 안 시킨대서야 말이나 돼?"
"글쎄요. 알 수는 없지만 공부해서 남 주나요? 숙제는 제 손으루 해야지요."
이에 할멈이 나서서 차 서방을 모질게 나무라는 것이었다.
"차 서방이 뭘 안다구 입바른 소릴 하우? 후딱하문 아들 자랑이지만, 중학교문 그저 다 같은 줄 아남. 차 서방 말마따나 그따위 걸레 같은 학교에서 첫째하는 놈이 데련님 다니는 학교에서 꼴찌하는 아이보다 월등 못하단 말이야, 알았소?"
"휘유, 싸우지들 말어. 난 할멈하구 차 서방이 부러워."
내가 나의 신념을 감추지 않고 말하였더니 이번에는 싸우

구리귀신 19

던 둘이서 한패가 되어 나에게 덤빈다.

"그게 무슨 말이요? 팔자 기박한 늙은 할미가 부럽다니 알아듣지 못하겠소이다."

차 서방도,

"데련님, 그런 말 하는 법이 아니외다. 이렇게 미천한 놈이 부러워서야 어떡합니까요."

나는 여기서 이 두 사람에게 알아듣도록 타일러 줄 책임을 느꼈다.

"왜 부러운고 하니 말이야, 내 말 잘 들어. 첫째루 할멈하구 차 서방에겐 숙제가 없잖어? 그게 어디야. 둘째, 시험을 안 봐두 되지? 그건 또 어디야. 난 학기마다 시험 치지? 중간고사에다가 임시시험까지 있지? 고등학교 입학시험에 대학 입학시험 있지? 생각하면 까마득해. 그 시험을 다 칠 바에는 차라리 죽어버렸으문 좋겠어."

"원, 데련님두 망칙한 말씀을."

"아니야, 정말이야. 뱀이나 개구리, 거북이 같은 짐승은 겨울잠[冬眠]을 자지 않어? 나두 아주 죽어 버리긴 싫으니까 학교를 다 졸업할 때까지만 겨울잠을 잤으문 좋겠어. 그게 안된대문 허다 못해 시험 때 만이래두 말이야."

"시험을 자꾸 치러야 학문이 늘구 지식이 많아지지요."

"누나는 밤낮 쓸데두 없는 주사약만 만들어 내지 말구, 주사 한 대만 맞으문 영어 단어 천개쯤, 수학 방정식 전부를 기억하게 되는 걸 발명했으면 좋겠어."

"하하하……."

바로 이때였다. 현관에서 우렁찬 소리가 들려왔다.

"이리 오너라…… 이리 오너라."

비행기가 낮게 떠서 지나갈 때와 비슷한 소리다. 할멈 방의 유리 미닫이가 우릉우릉 울린다.

"저게 누구야?"

"글쎄, 모르겠소."

차 서방과 할멈이 서로 얼굴을 마주 본다. 세배를 하러 온 사람이면 명함만 놓고 갈 것이지 대관절 누구기에 저렇게 큰 소리란 말이냐. 더구나 현관에는 초인종 단추가 달려 있다. 그걸 누르면 될 것을 원시적이게 입으로 외쳐 대니, 도대체 어떤 사람이냐 말이다.

"내 말이 들리느냐, 안 들리느냐?"

이번에는 몽둥이 같은 것으로 문지방을 요란히 두드리는 소리까지 난다.

'누가 무슨 떼를 쓰러 왔나?'

싶어서 약간 겁이 나기도 하였지만, 나 밖에는 현관에 나갈 사람이 없다는 생각이 들었다. 큰 누나는 연구, 작은 누나는 피아노, 어머니는 두통, 형은 연하장 정리…… 각각 다 열심히 하는 일이 있는지라, 이 일은 내가 해야만 한다. 그래서

"누구시오?"

하고 큰 소리로 외치며 현관에 나갔더니 거기에는 헙수룩한 양복을 입은 노인 한분이 태산처럼 버티고 서 있지 않겠는가.

"……아버지는 집에 안 계시니까 세배 받을 사람이 없습니다. 명함이나 한 장 두구 돌아가십시오."

하고 또랑또랑 말을 했더니 노인은 커다란 눈방울을 전후좌우로 뒹굴리며,

"나는 세배하러 온 게 아니라 세배를 받으러 왔다."

하고 뻐기는 것이었다.

"그러시다면 초인종을 누를 것이지 사이렌처럼 혼자 서서 웬 소리를 그렇게 지르십니까?"

"봐라, 이 손엔 지팡이, 요 손엔 보따리, 두 손이 다 비어 있질 않아서 놀구 있는 입으루 소리를 친 것이다. 그렇게 하면 전기두 절약될 게 아니냐? 초인종을 누르문 전력이 들지만 고함을 지르는 데야 전력이 소모될 게 없지 않으냐?"

"허지만 '에너지'는 소모되지요."

여기서 노인은 깜짝 놀래는 눈치다.

"네가 나를 어떻게 알아보느냐? 내가 '에너지 선생'인 줄을…… 너는 수길이냐, 수동이냐?"

이번은 내가 깜짝 놀랠 차례다.

"영감님이야말루 나를 어떻게 아세요?"

"뭐? 영감님이라?"

하더니 벼락치는 것 같은 호령이 떨어졌다.

"이놈, 너희 남매의 이름을 지어준 것이 나다. 네가 이 세상에 태어나게 된 것두 말하자면 내 덕분이구."

"네에?"

그때야 자세히 보니 한 손에 몽둥이 같이 굵은 지팡이가 들려져 있고, 다른 손에는 낡은 가죽가방이 데룽데룽 매달려 있다. 더 자세히 살펴보니 모두가 크다. 눈은 물론이고 얼굴, 코, 입, 귀…… 다 '크기'가 '엑스 라지'인데, 키도 크고 따라서 팔다리도 유난히 길다. 게다가 입은 옷도 크고 긴데 그 축 늘어진 저고리 소매 속에서 고목나무처럼 뼈가 엉성한 팔이 녹용(鹿茸)가지 모양 쑥 나와 있다.

"어떡하라니? 올라오라느냐, 여기서 돌아서라느냐?"

이번에는 '스피커'처럼 음성이 한층 더 커졌다. 이 소리를 듣고 온 식구들이 현관으로 몰려들었다. 그 중에서 어머니는 이 노인을 보자,

"에그머니나 선생님, 언제 올라오셨어요?"

하면서 버선발로 뛰어내려가 부축을 하다시피 한다.

"음, 밤차를 타구 와서 아침에 내렸지, 서울서 새해 첫날을 맞으려구."

"올라오세요."

"음, 다 모였구먼. 애가 송지, 그리구 매지에 수길이 수동

이, 그렇지?"

"네, 선생님은 기억두 좋으세요."

"아무리 늙었어두 제가 지은 이름이야 잊었을라구, 허허허."

"광산을 하신다던 건 어떻게 됐습니까? 그 사이에 재미 좀 보셨나요?"

"재미가 무슨…… 봉패만 거듭했지. 재미를 봤으문야 행색이 이럴라구?"

"자, 올라오셔서 천천히 말씀하시기루하구, 자, 어서."

어머니는 지팡이와 가방을 받아 드리고는 노인을 안방으로 모셨다.

"얘들아, 너희들두 와서 인사를 여쭈어라."

나는 곧 알아차렸다. 이 난데없이 나타난 초라한 손님이 보통 분이 아니라는 것을 말이다. 가까운 일가친척이 아닌 웬만한 손님은 다 응접실에서 접대하기 마련인데 안방으로 모셔 가는 것이라든지, 또 우리 남매에게 인사를 여쭈라는 점 등으로 미루어 보아 이만 저만한 분이 아닌 줄을 알겠다.

"저게 누굴까? 엄마의 선생님?"

"아무리 저런 노인네가 무슨 선생님이겠어?"

두 누나는 저희대로의 추리를 시도하지만, 내가 보기에는 아무래도 무슨 깊은 사연이 있는 것만 같았다.

"자, 가."

"그래."

내가 앞장서서 안방 쪽으로 가다 보니까 마침 어머니가 노인 앞에 세배를 하고 일어서는 참이었다.

"고군은 어디 출타했다며?"

"출타한 게 아니라, 간밤에 아직 안 들어왔습니다."

고군이라는 것은 아버지일 것이다.

"뭣이? 허, 그녀석 여태두 철이 덜 났구먼. 사람이란 밥은 여러 군데서 먹어두 잠은 한 곳에서 자야 하는 법이어니."

이런 대화가 새어 나온다. 더 다른 주책없는 말이 나오기 전에 우리 4남매는 방안으로 들어가 인사를 겸한 세배를 하였다.

"음, 너희들은 다 어릴 때 봐서 이제는 모습을 잘 못 알아보겠다. 원래는 오늘이 초하루라 세뱃값을 두둑히 줘야 할 것이로되, 난 이렇게 노자를 들여가며 일부러 찾아온 터이니 오히려 너희들한테 비용을 얼마씩 걷어 모아야겠다."

"하하하……."

"호호호……."

"그리구 어멈."

"네."

"내가 시장한데 뭣 좀 먹을게 없을까?"

"왜 없겠어요? 아이구머니나 내 정신 좀 봐, 곧 떡국을 끓여 올리라지요."

"떡국 말구, 독한 술에다가 갈비구이 같은 게 좋겠는데……
술이며 갈비며, 선사(膳賜) 들어온 게 있을 테지."

"네, 그야……."

"그럼 됐어."

나는 놀랐다. 나보다 한술 더 뜨는 구리귀신이 나타났으니 말이다.

진객(珍客)

 노인의 주문 대로 갈비구이와 양주 한 병을 받쳐 놓은 상이 들어왔다. 노인의 커다랗고 붉은 입술이 기름칠이나 한 듯이 번지르르해지더니 번쩍번쩍 빛난다. 마치 살진 암캐를 잡아다 놓고 으르는 호랑이의 모양새라고나 할까.
 '좋은 구경거리가 생겼는걸. 저 큰 입으루 저 큰 갈비를 뜯어먹는 건 정말 볼만할 게야.'
 이때 형 수길이가 눈치 빠른 체하고,
 "손님이 식사하는데 우리가 있으면 실례야, 다 나가."
 이렇게 한마디 했다가 당장 핀잔을 들었다.
 "이 녀석, 손님이 식사하는데 나가는 게 더 실례다. 싫든 좋든 끝까지 앉아서 지켜보아야 해."
 나는 잘 됐다고 생각하였다. 이제는 마음 놓고 관람석에 자리 잡고 앉을 수가 있기 때문이다.
 노인은 우선 양주병 마개를 따더니 유리컵에다가 손수 넘실넘실 따라서 단숨에 들이켜고 나서 입술에 발린 술까지도 아깝다는 듯 혀끝으로 연신 핥아 먹는다. 그러고는 바지

주머니에서 손수건을 꺼내는 데 이것도 어찌나 큰지 처음에는 '식탁보'인 줄 알았으나, 자세히 보니 손수건은 손수건이다. 열차 식당 같은 데서 '냅킨'을 슬쩍 해온 게 아닌가 의심할만큼 큰 손수건으로, 머리 깎을 때 헝겊 홑이불 두르듯이 '네커치프'처럼 목을 감으니까 느닷없이 턱받이를 한 셈이다. 이제부터 본격적으로 먹을 채비를 하나보다.

"어멈."

"네."

"내가 이 음식을 먹는 사이에 떡국을 끓여와두 좋구, 부침개를 부쳐와도 좋구……."

"알았어요. 식성은 여전하시군요."

"뭐 여전하지 않은 게 있나? 잘 먹구 잘 자구, 잘 놀구 잘 하지."

다음 단계에 들어가서 노인은, 호주머니를 뒤져 또 하나 야릇한 것을 끄집어낸다. 그것은 칼인데 보통 칼이 아니라, 여러 가지 모양의 번들번들한 쇠붙이가 달려 있는 무시무시하게 생긴 칼이다. 얼른 보아도 송곳, 병따개, 찻숟가락, 삼지창… 이런 것이 부속품으로 눈에 뜨이는데 쓰기에 따라서는 이 밖에도 여러 가지로 편리하게 쓸 수 있을 것 같다. 아니나 다를까 노인은 이 칼의 성능을 유감없이 과시한다. 붕어같이 납작한 칼날을 펴고 반대쪽 삼지창도 뽑아서 젓가락으로 갈비를 누르고는 칼로 서뻑서뻑 베어서 삼지창으로

꾹꾹 찔러서 낼름낼름 먹어 댄다. 그 솜씨가 여간 빠르고 정확한 것이 아니어서 마치 정밀한 기계와도 같았다. 동시에 매우 정력적이다. 노인 자신이 밝힌 '에너지 선생'이라는 이름에 조금도 손색이 없을 만큼 기력이 왕성하다.

"송지야, 네 손으로 한잔 따라 다우."

노인이 빈 유리 컵을 가리켰으나 큰누나가 별로 맘이 내키지 않는 듯 얼굴을 찡그리다가

"따라 드려라."

하는 어머니의 채근을 받고 나서야 마지못해 '부음 통'에 약품을 부어넣듯 운치 없는 솜씨로 양주를 따르는 것이었다. 나는 도대체 영문을 알 수가 없었다. 정월 초하룻날 안방으로 안내한 협수룩한 손님, 게다가 맏딸인 큰누나더러

술까지 따라 드리라는 이 노인의 정체가 대관절 무엇이란 말인가. 이때 노인은 내 속을 꿰뚫어 들여다보기나 한 것처럼,

"수동아, 너 내가 누군지 아느냐?"

하고 불쑥 묻는 것이 아닌가. 나는 어마지두에,

"에너지 선생님이지요."

하였다.

"하하하, 맞았다. 역시 수동이가 똑똑하다."

이 말은 마치, 나를 제외한 다른 세 남매는 옛날부터 못난이였다는 뜻으로도 해석된다. 그런 욕을 먹은 줄도 모르고 세 남매는 정말 못난이들처럼 웃고만 있다. 노인은 매우 만족한 듯 그 커다란 눈을 이번에는 가느다랗게 뜨고 아까와는 달리 술을 한 모금씩 반 모금씩 마시면서 얘기를 계속하는 것이었다.

"……하지만 에너지 선생이란 건 명칭이구, 내가 묻는 건 내용이다. 대답할 사람."

에너지 선생은 고목나무 가지 같은 자기 손을 번쩍 든다.

"선생님."

나는 나도 모르는 사이에 이렇게 외치며 손을 번쩍 들었다.

"수동이가 대답해라."

지명은 또 나에게 왔다.

"네, 선생님은 우리 네 남매의 이름을 지어주신 어른입니다."

"글쎄 이렇다니까, 수동이가 제일 똑똑하대두. 그건 사실이지만 그보다두 훨씬 더 전의 일, 자, 알고 있는 사람."

나는 이번엔 손드는 절차를 생략하였다. 그렇게 않더라도 이 질문에 대답할 수 있는 사람은 나 밖에 없다고 믿었기 때문이다.

"그것두 제가 말하지요, 선생님은 우리 네 남매를 이 세상에 태어나두룩 힘써 주신 분이십니다."

"자, 이것 보래두, 이렇게 되면 더 아무 말두 못해. 수동이는 이름을 고쳐야 할까봐, 신동(神童)이라구."

그러나 나는 신동도 아무것도 아니다. 노인이 아까 현관에서 자기가 한 말을 까맣게 잊어버리고 있으니 나는 신동이 되기가 대단히 편리한 것뿐이다. 이에 형 수길이는 자기가 신동이 못된 것이 분하였던지 이를 악물면서 어머니에게 묻는다.

"어머니, 그게 무슨 뜻이에요?"

그러나 어머니는 모르는 체 웃고만 계신다.

"그걸 수동이가 설명해라."

이번에는 큰일이다. 까닭은 알 수가 없다. 그래서 나는 짐짓 겸손해 보이면서,

"선생님께서 설명하시는 것이 좋겠어요."

하였더니,
"그것두 그렇다, 내가 설명하지."
하고는 천천히 양주 한모금과 갈비 한입을 뜯어 자신다. 그 사이 우리 네 남매는 막간(幕間)을 기다리는 연극 관객처럼 덤덤히 앉아 있을 수밖에 없었다.
"어, 그게 무슨 말인고 하니 말이다. 내가 너희들 아버지와 어머니의 결혼식 주례를 했단 말이다."
"네?"
우리 네 남매는 아연 동요하였다.
"매지야, 어머니 결혼사진을 찾아와라."
"음."
송지 누나가 시켜서 매지 누나는 옛날 사진첩을 뒤져서 어머니 아버지의 결혼기념 사진을 꺼내 왔다.
"자, 봐라, 내 말이 거짓말인가, 주례가 바루 나야. 엄연한 증거가 있지 않니?"
하고 에너지 선생이 뻐긴다.
"누가 아니랬어요? 어떻든 옛날엔 할아버지두 상당히 미남이셨네요."
"옛날에는이 다 뭐냐, 내가 미남인 건 옛날뿐이 아니다."
"그럼 지금두 미남이세요?"
"암, 미남이구 말구."
노인은 술이 약간 취한 모양이고, 우리 남매는 부모의 주례자라는 점에 적잖은 호감을 갖게 되어 친근감을 느끼는 터였다.

"주례문 주례지, 우리 남매들이 이 세상에 태어나는 것하구 무슨 상관이 있어요? 할아버지가 주례가 돼서 힘써 주시지 않았더라두 다른 분이 주례를 맡아 하셨을 게 아니에요?"

형이 항의하듯 대든다. 이것은 나도 몹시 궁금하던 점인데, 형이 대신 물어주니 여간 고맙지가 않다. 그러나 화살은 다시 내게로 날아왔다.

"그것두 신동이가……아니 수동이가 알아 듣두룩이 말해 주어라."

나는 여기서 또 한번 사양하였다.

"적어두 부모님의 결혼에 관한 일인데 제가 경솔하게 말할 수 있어요? 그것두 선생님이 설명해주세요."

"자, 원. 갈수록 더 신통하다니까. 그럼 내가 설명하지. 너희들 출생하구 나하구의 관계는 절대적인 것이 있다. 결혼식이라든가 주례라든가 그런 형식적인 절차를 멀리 떠나서…… 아니 훨씬 앞서서 보다 더 근본적인 점에 귀결되는 문제다…….

별안간 연설조로 여기까지 갈파하고는 잠시 막간을 이용하여 또 한번 음식을 자시고 나서 계속하신다.

"여기에 이르러…… 가만 있거라, 내가 어디까지 얘기했더라?"

매지 누나가 '전편까지의 줄거리'를 설명한다.

"결혼보다 더 앞서는 근본적인 점에 귀결된다는 대목까지 하셨어요."

"뭐 대목이랄 거까진 없다."

노인은 좀 더 술이 도는 모양이었다. 한번 앞으로 꼬꾸라질 듯이 하다가 정신을 바짝 차리면서 몸을 지탱한다.

"하여간 당시에 내가 대한민국에 있지 않았으면 너희들은 아마 영원히 사바 세계를 구경하지 못하구 말았을 게야."

굉장히 크게 나온다. 이쯤 되니 송지 누나도 궁금한 모양이다.

"말씀하세요."

어머니는 그래도 웃고만 계시다.

"말하지. 나는 너희 어머니와 아버지의 혼인을 중신 든 공로자다. 내가 만일 중신을 안 했으면 너희들은 어떻게 되었겠니? 너희는 이 세상에 안 생겨났구, 그 대신 너희가 아닌, 얼투당투 아니한 딴 아이들이 탄생해서 자라나구 있을 거란 말이다. 실로 아슬아슬한 순간이다. 그걸 생각하문 모골이 다 송연하다."

노인은 거의 습관적으로 또 양주를 한모금 마신다.

"호호호."

"왜 웃어?"

노인이 송지 누나를 노려본다.

"우스워서요."

"뭐가 우스워?"

"결혼은 인연이 있어야 성립되는 게지 중매쟁이의 노력으루 되는 건가요?"

"인연? 그런 건 미신이야. 모든 인연은 사람의 힘으루 만들어 지구 고쳐두 지는 게야. 이제 왔으니 애긴데, 너희 어머니한테는 여기저기서 혼삿말이 빗발치듯이 날아들었다. 그럼에도 내가 강력히 주장해서 비로소 고군과 결혼하게 되었고, 그 결과로 여러분이 이 세상에 탄생하게 된 것이야. 그러므로 나는 제군에겐 생명의 은인이야." 억지로 갖다 붙여서 생색이 대단하다.

"그 뿐인 줄 아는가. 그보다 더 앞서의 더 근본적인 말을 하라면 나는 너희들 아버지의 은사야. 다시 말하면 고군과 나는 사제간이란 말이다."

여기서부터 본격적인 연설조로 들어선다.

"……여기에 이르러 제군은 무어라 하겠는가. 입이 있으면 말하라. 기면 기라고, 아니면 아니라고……."

여기서부터는 연설이라기보다 술주정의 영역에 속한다.

"……내 은혜를 알았거든, 또 고마운 줄을 깨달았거든 차례루 한 잔씩 술을 따라 올려라."

이제부터는 술주정이 아니라 협박 공갈이다. 퉁방울 같은 눈을 부릅뜨고 한 바퀴 휙 노려보는 것이다. 순간 나는 현관에 있을 몽둥이 만한 지팡이를 생각하였다. 이 노인이 만약에 그 지팡이를 들고 마구 휘두른다면 막아낼 장사가 없을 것이라고. 그러나 노인은 도로 조용해졌다.

"나는 너희들 아버지의 은사구, 부모의 중신, 주례를 했구, 너희들의 이름을 지어 주었구. 이것 만으루두 융숭한 대접을 받아야 마땅하지만 또 앞으루는 내가 너희 집에 머물러 있으면서 지도, 감독을 맡기루 하고 왔으니 동상(銅像) 쯤 해두 좋을 게구, 따라서 너희 네 남매의 장래와 결혼문제 같은 것두 내가 담당할 작정이니까 이만하문 영세불망비(永世不忘碑)를 세워 줄 만두 하다."

이것은 폭탄 선언이었다. 다시 말하면 인연이 범연치 않은 우리 집에 장기 유숙하면서 집안일, 건건 사사에 참견할 심산인가 보다.

"어머나, 선생님이 우리 집에 계시게요?"

매지의 물음에 노인은 태평이다.

"그랴, 잠깐 와보니 가풍(家風)이 못쓰겠어. 가장은 망년회입네 하구 안 돌아오구, 주부는 그랬대서 두통이 났네 하구 드러누워 있구…… 이래선 안돼. 이 가풍을 근본적으로 뜯어 고쳐서 완전해질 때까지 내가 이 집에 있을 결심이다."

우리는 다 놀랬으나 어머니는 별로 놀래시는 눈치가 아니다.

"그러세요 선생님, 그게 좋겠어요."
이런 말로 도리어 격려를 하신다.
"그런 고로 너희들이 나한테 술을 한 잔씩 따라 준대두 손해 날 것두 잘못될 일두 아니야. 자, 다음은 매지."
매지 누나가 하는 수 없이 술병을 들어서 잔에 부었다.
"음."
노인은 그것을 단숨에 들이켜고 나서는 이번에는 형 앞으로 들이댄다.
"수길이에게두 기회를 줘야지. 자, 어서 따라라."
"네."
형이 따른 술도 댓바람에 비어 놓고 나더니,
"공평히 해야 하니까, 수동이두 한잔 다우."
하며 잔을 내미신다.
"그러세요."
병을 보니 밑에 남은 술이 얼마 되지 않는다.
'요거만 드시문 고만이려니.'
하는 생각으로 잔에 부으니까 3분의 1도 안된다.
"선생님, 술이 모자라네요."
"가만가만, 그렇게 해서는 안되지. 술은 잔에 차야 하는 법이니까…… 이거 봐, 이 잔을 채우기 위해서 이런 술 한 병 더 가져오라구 해."
"네? 한 병 더 드시게요?"

"한 병 더 먹겠다는 게 아니라 이 잔을 채우자는 게야. 정월 초하루부터 잔이 곯게 술을 먹어서야 쓰나. 안 그러냐? 수동아."

나는 아니라고 대답할 수가 없어서
"네, 그래요." 했더니,
"자, 봐라. 누가 냉큼 가서 한 병 더 가져오렴."

이리하여 새 양주가 또 한 병 왔다.

잔만 채운다더니 한 잔 한 잔 거듭되어 거의 반병이나 자셨을 때에 아버지가 들어오셨다. 에너지 선생을 보자 아버지는 놀래서 절을 하신다.

"선생님, 세배 받으십쇼."
"음."

싫다지 않고 받고 나더니,
"자네는 작년에 나갔다가 금년에 들어왔다며?"
"네에?"
"애들아, 너희 아버지시다. 2년 만에 보는데 얼굴을 알아볼 수 있겠니?"

에너지 선생이 우리 남매를 돌아보며 하신 말이다. 아버지는 안색이 변했으나 어머니는 무척 통쾌한 모양이다. 아버지는 짐짓 화제를 바꿔볼 양으로,

"선생님, 어떤 일루 서울엘 오셨습니까?"
"음, 다름이 아니라 자네 부인이 홧병으로 앓아누웠다는

말을 듣구, 게다가 자네는 작년에 나가서 안 들어온대구 혹시나 초상이 나면 손두 모자랄 테구 해서 내가 좀 거들어 주려구……."

"고수레 고수레."

아버지는 크게 외치신다. 무슨 예방인 모양인데 그도 그럴 것이 정월 초하룻날 아침 집에 들어오자마자, 초상 소리를 들으셨으니 말이다.

"선생님, 죄송합니다."

더 따져 보아야 좋은 말이 나오지 않을 줄 짐작했던지, 아버지는 곧 사과부터 하신다.

"음, 죄송한 줄 알문 돼. 허지만 잠깐 봐두 이 모양이니 앞으로 더 두고 보문 여러 가지루 새루 눈에 뜨이는 게 많을 거야. 그때마다 내가 일러줌세. 그리구 또 한 가지 말해 둘 건……."

"선생님 잠깐 기다리십시오. 애들아, 너희들은 나가서 자기 할 일들이나 해라."

아버지가 우리를 쫓아내시려고 이렇게 말했을 때 송지 누나가 얼른 받아서,

"오늘은 아무것두 할 일이 없어요."

"저두예요."

"나두요."

"나는 물론."

이렇게 한마디씩 하였다.

"그냥 두게나. 내가 망녕을 부리는 게 아닌 담에야 애들더러 들으라구, 더군다나 할 일들두 없다는데."

"그렇지만 어른들이 하는 말을……."

"어른이나 아이나 가릴 게 없어. 내가 하는 말은 남녀노소, 동서고금에 두루 통하는 진리니까."

"아무리 좋은 진리라두 너무 갑자기 많이 들으문……."

"그것두 좋은 생각이야. 그럼 두구두구 조금씩 들려주기로 하세."

"네?"

이때 어머니가 나서셨다.

"아, 참. 여보, 선생님께서 우리 집에 머무르시면서 우리가 못 보는 것 발견해 가지구 가풍을 근본적으루 뜯어고쳐 주시겠대요."

"뭐?"

"얼마나 좋아요? 당신두 물론 찬성이시죠?"

"그, 그야 물론 반대……는 아니지만."

"찬성두 아니에요?"

"바른대루 말해."

"저야 물론 찬성입니다만……아무리 한 가정의 가장이라 할지라두 독단적으로 할 수야 있습니까. 민주주의 원칙에 따라서 다수결로 정하는 게 좋겠습니다."

"그 방법에는 나두 찬성일세. 그럼 가족들의 의사를 빨리 물어 주게."

"네. 선생님 앞에서 반대하구 싶어두 반대하기가 어려울 테니까 자유로운 분위기를 장만하기 위해서 무기명 투표로 하는 게 공정할 것 같습니다."

"나두 그 방법을 근본적으로 지지해."

"그럼 나두 깨끗한 한 표를 던져야 하니까 내 대신 누가 투표용지를 만들어라."

"나는 투표권이 없으니까 그 일은 내가 가장 적임자일세."

에너지 선생이 그 일을 가로맡고 나서서 자신의 거취를 판가름하는 투표의 사무적인 절차를 담당하였다. 투표 결과가 나타났다. 개표해 보니 찬성 5표 반대 1표, 모두 6표. 어머니가 웃음을 지으시며,

"이로써 선생님이 집에 계시도록 가결되었습니다."

하고 선언했을 적에 아버지가 이의를 제기하였다.

"그건 그렇지 않소. 결과는 가(可) 5표, 부(否) 1표지만 '가(可)'를 선생님이 시골 댁으루 내려가시는 걸 찬성하는 뜻으로 받아들여서 그런 뜻으로 던진 표일 수도 있습니다. 이 점을 명백히 해 둘 필요가 있습니다."

"그렇다면 손들기로 정합시다. 선생님이 집에 계시는 걸 원하는 분은 손을 드시오."

손이 번쩍 올라갔다. 물론 아버지의 손도…… 이렇게 되니

또 한번 문제가 생긴다. 가가 6표라면 아까의 부 1표는 어디로 갔느냐 말이다.

어머니가,

"반대표 하나는 어디루 갔어?"

했을 때, 식구들의 시선은 일제히 아버지께로 향하였다.

"왜 나를 보니! 왜 나를 봐?"

식구들의 시선이 다시 에너지 선생에게로 향해졌을 때, 선생은 언제부터 잠이 들었는지 세상모르고 코를 골며 주무시고 계셨다.

사감(舍監) 선생

 에너지 선생의 공식 직함은 '사감 선생'이다. 사사로운 감정이 있대서 '사감(私感)' 선생이 아니라, 학교 기숙사에 있는 그런 '사감'이다. 우리 집을 기숙사라 치고 집안을 감독하고 총 지휘하는 분이 바로 에너지 선생이라서 그런 존칭을 드린 것이다. 그리고 보면 우리 식구들은 다 기숙생이다. 따라서 사감 선생의 명령을 지켜야 한다.
 에너지 선생은 취임 일성으로 여러 가지 지시 사항을 내걸었다.

 포고령 제1호는 귀가시간 제한이다. 이 집의 가장인 아버지라 할지라도 집에 돌아오는 시간이 밤 열시로 한정되었다. 우리 남매들도 남자는 아홉 시, 여자는 여덟 시까지로 정해졌다.
 물론 예외가 있어서 특별한 경우에는 사전에 사감의 허락을 얻고 시간을 넘겨도 무방하게 되어 있으나, 사전 허가나 사후 연락 없이 무단으로 규칙을 어기는 때는 누구라 할지라도 어떤 이유라 할지라도 문을 잠그고 열어 주지 않기로 되어 있다.

포고령 제2호는 자가용 차 이용 금지이다. 아버지나 어머니 말고는 아무라도 차 서방이 운전하는 자동차를 타지 못한다는 것이다. 전에는 아버지가 출근하기 전에 학교에 가는 때만은 우리 네 남매가 다 이용했으나 그것이 안 된다는 것이다. 여기에는 우리 네 남매가 다 반대하고 나섰다.
"아직은 방학이니까 모르지만, 개학하문 그 복잡하게 붐비는 차를 어떻게 타라구 그러세요?"
'교통 지옥 해결 없는 승차 금지 반대한다.'
이런 표어까지 만들어 가지고 외쳐 보았으나 에너지 선생은 막무가내다.
"교통 지옥이 왜 교통 지옥이야?"
"선생님은 시골서 오셨으니까 몰라서 그래요. 서울서는요, 출퇴근 시간만 되문요, 행길에 사람으루 성을 쌓아요."
"그래서 행길이 꽉 막히나?"
"행길이야 왜 막혀요? 전자, 버스, 합승, 택시 이런 게 꽉 막히죠."
"요는 탈 수가 없다 그런 말이지?"
"네."
"그런 걸 탈 수가 없대문 비행기를 타문 되지 않니?"

"비행기를요? 비행기가 어디 있어야 타죠?"
"없으니까 탈 수가 없다, 그 말이로군. 그렇대문 하는 수 없이 걸어 댕길 수 밖에."
"걸어 다녀요?"
"물론이야. 행길이 꽉 막혔다면 모를까 행길은 제 아무리 교통지옥이래두 환히 트여 있는데 왜 못 다녀?"
"걸어서는 못 다녀요."
"왜? 다리 병신인가?"
"다리 병신이 왜 다리 병신이에요?"
"그럼 서울 거리에 폭발물이라두 묻혀 있나?"
"아이 참, 그런 게 아니에요."
"그렇대문 왜 못 다녀?"
"그런 억설이 어디 있어요? 남의 집 차를 빌려서라두 타고 댕기구 싶은 판인데, 제집에 차를 두구 왜 고생을 하면서 걸어 다니느냐 말예요."
"고생은 차 타구 다니는 게 더 고생이야. 좁은데 비집구 앉아서 댕기는 게…… 그리구 또 지각해놓구선, 자동차가 어쩌니 저쩌니 핑계를 대기두 잘 하는데, 걸어댕기문 그런 실수가 없어. 자기의 걸음 속도가 얼마라는 걸 알구 있기 때문에 그 시간만 내놓구 가문 절대루 지각하는 법이 없어서 좋단 말이야."
우리 남매는 기를 쓰고 반대했으나 아무런 효과도 거두지 못한 채 양보하고 말았다.

　포고령 제3호는 취침 시간에 관한 것인데 소등(消燈)이 밤 열한 시, 기상(起床) 시간이 아침 여섯시로 되어 있어서, 이것은 아버지가 극구 반대하셨다. 보건상의 문제를 지적하고 적어도 여덟 시간은 자야 한다고 주장했으나, 이것도 끝내 수포로 돌아갔다. 늦잠을 주무시는 아버지는 매우 불만인 모양이었으나 이것도 하는 수 없는 일이었다. 에너지 선생은 아침 여섯시면 일어나서서 아버지 침실 앞에서 소리 높여 구령을 외치며 국민 보건 체조를 하시기 때문이다.

　포고령 제4호는 방안에서의 세수 금지이다. 목욕탕도 세숫간도 있건만, 아버지는 놋대야에 더운 물을 떠다가 방안을 온통 한강수를 만들어 가며 소 먹 감듯이 세수하는 버릇이 있으시다. 이것을 못한다는 것이다. 아침마다 웃통을 벗어젖히고 냉수마찰을 하는 에너지 선생은 은근히 이런 협박도 하신다.
　"누구든지 방안에서 세수하는 사람은 내가 억지루 끌어내서 냉수마찰을 시키겠다."

　포고령 제5호는 요강 사용금지다. 아버지는 여기에도 반기를 들고 일어서셨다. 요강의 역사적 의의, 골동품적 가치, 민

속적 미감(美感), 위생상 효용 등등을 여러 가지로 주장했으나 에너지 선생은,

"그것 다 좋은 말이지만 사람이 돼지처럼 변소하구 같이 산대서야 말이 되나, 요강이 뭔지 아나? 휴대용 변소란 말이야."

이 말에는 꼼짝없이 아버지도 항복을 하셨다.

마지막 포고령 제6호는 통신 검열에 관한 조항이다. 사감이 사감의 직권으로 집에 오는 편지를 일일이 검열하겠다는 것이다. 여기에는 송지와 매지 두 누나가 결사적으로 반대하고 나섰으나, 역시 소용이 없었다. 신서(信書) 비밀의 자유니, 헌법에도 명시된 기본 인권의 유린이니 별의별 말을 다 내세웠으나, 에너지 선생의 고집은 완강하였다. 이러고 보면 에너지 선생은 사감 선생이 아니라 우리 집의 계엄사령관이다.

계엄 부사령관

　변화가 없던 살림에 에너지 선생이 나타나자, 집에는 새로운 생기가 돌기 시작했다. 마음대로 하던 일에 일일이 잔소리를 듣게 되니까 다소 불편한 점도 없지는 않으나 그래도 불편하기보다는 재미있는 편이 더 많았다. 더구나 나는 에너지 선생의 특별보좌관 같은 처지니까 그다지 불편을 모르고 지낸다. 허지만 어머니를 제외한 나머지 다른 식구들은 아버지를 위시하여 양 선생에게 이르기까지 다 싫어하는 눈치다. 그런 중에서도 가장 희생이 큰 것이 아버지다. 포고령 1호·3호·4호 그리고 5호를 위반하는 일이 많고, 그럴 적마다 아버지는 사감실로 불려가 어린애 모양 크게 꾸중을 듣고 얼굴이 벌겋게 되어 나오곤 하신다.
　어머니는 무슨 일만 있으면,
　"에너지 선생께 여쭈어 봐라. 그게 잘한 일인가 못한 일인가?"
　아니면,
　"사감실로 가자."

하는 것이 입버릇처럼 되셨다. 에너지 선생이 오시고 나서는 어머니가 하시던 일이 한결 덜어진 모양이다. 그도 그럴 것이 야단칠 것, 잔소리할 일은 선생께서 모두 도맡아 놓고 다 해 주시니 말이다. 게다가 이 집에서는 절대권자인 아버지까지도 선생의 앞에서는 꼼짝을 못하니, 어머니는 천군만마(千軍萬馬)를 얻으신 셈일 게다. 간혹 아버지가 어머니를 나무라실 일이 있으셔도 큰 소리로는 못 하신다. 소근소근 귓속말로 속삭이거나 '팬터마임[無言劇]'처럼 손짓 몸짓으로 의사를 표시한다. 눈을 부릅뜨고 입술을 악물면서 주먹을 번쩍 쳐드는 것은 때리겠다는 표현일 게다. 그러나 어머니는 하나도 놀라는 빛이 없다. 한번 맞기만 하는 날이면 유엔사무총장 같은 에너지 선생에게 호소하여 효과적인 경고를 해 달랄 판이니까.

한번은 응접실에서 있었던 일이다. 아버지와 어머니 사이에 싸움이 났다. 나는 유리창 너머로 들여다보았으나 싸움의 원인을 알 수가 없었다. 마치 고장난 텔레비전 모양으로 그림은 나오는데 소리가 나와야 알지 않겠는가. 어머니가 이를 악물면서 손톱 날을 세우고 두 손을 치켜 올린 것은 아마 할퀴겠다는 표현인 듯하다.

이렇듯이 20분 남짓 싸우셨으나 피해는 어느 쪽에도 없었다. 치는 시늉, 차는 시늉, 깨무는 흉내, 꼬집는 흉내를 가끔 내기도 했으나 아무 것도 몸에는 와닿지 않았으니까 아프거나 상했을 리 없고, 따라서 비명 같은 것도 지를 필요가 없었으리라. 이리하여 에너지 선생은 물론, 나도 그 원인을 모르는 채 넘어 갔다.

뒷날 차 서방에게서 들은 얘기거니와 어머니와 아버지가 꼭 싸우셔야 할일이 있을 때면 일부러 차를 타고 밖으로 나가서 '드라이브'를 하면서 차 안에서 싸운다니 수고가 크시다. 이것은 수고가 클 뿐 아니라 번거롭기도 할 터이기에, 웬만한 일이면 다소 의견 차이가 있더라도 적당히 참아 넘기는 눈치다.

우리 집 계엄 사령관이자 사감 선생인 에너지 영감께서 새로운 포고령(포고령 제7호)을 내리셨다. 음향관제(音響管制)에 관한 조항으로 모든 일에 소리를 크게 내면 안 된다는 것인데, 이렇게 되면 부부 싸움은커녕 형제·자매간 말다툼도 못하게 된다. 그러나 선생은 어디까지나 간접 표현을 하신다. 부부 싸움이라든가 형제 싸움이라든가, 그런 저속한 표현은 하지 않으신다.

"에……, 걸음을 걸을 때두 조용히, 문을 여닫을 때두 조용히…… 알았지?"

몰라도 알았달 수밖에 없는 노릇이다. '문을 여닫을 때도 조용히'라는 말이 내 귀에는 '입을 여닫을 때도 조용히'의 뜻으로 들렸다. 설마 입을 '식당문'으로 표현하신 건 아닐 테지만 하여간 조용히 하라고 하는데, 꽹과리 소리처럼 요란스러운 당신의 목소리는 아마 못 들으시는 모양이다.

식사 때도 선생은 잔소리를 쉬지 않으신다.

"수길이는 숟가락, 젓가락을 가지구 검도(劍道)를 하나? 왜 그리 요란스러워."

수저에서 소리를 내면 대뜸 이런 꾸중이 내린다. 간혹 양식을 먹다가 실수해서 '포크'나 '나이프'에서 소리가 날 때도,

"매지야, 넌 밥을 먹지 않구 창검술(槍劍術)을 하구 앉았니?"

이렇게 무안을 곧잘 주시니 조심하여야 한다. 밥주발이나 김치보시기의 뚜껑을 여닫는 데에도 조용히 하라고 주의를 주시니, 그밖의 다른 일이야 일러 무삼하리오. 그러나 에너지 선생이 아무리 소리를 크게 내지 말라고 야단을 하셔도 안 되는 일이 꼭 세 가지가 있다.

대표적인 것은 아버지의 코고는 소리이다.

"드르렁 풀썩……"

이 소리에는 식구들의 피해가 여간 크지 않다. 에너지 선생도 적잖은 피해자 중의 한분이다.

"고군, 잠잘 때 코고는 거 좀 고만둘 수 없을까?"

"네? 제가 코를 곱니까?"

이렇게 시치미를 떼는 데야 무어라 하랴. 하긴 잠이 들어야 코를 골게 마련이니까 아버지 자신은 한 번도 들어본 일이 없으실 게다.

"코를 곱니까가 뭔가, 메지야."

"네."

"너 녹음기 갖구 있지?"

"있어요."

"오늘 밤에 마이크를 아버지 머리 맡에 매달아 놓구 코고는 소리를 녹음해 두었다가, 내일 아침 식사 때 공개하두룩 해라."

"선생님, 제 코 고는 소리가 그렇게 요란합니까?"

"요란한 정도가 아니지, 천지가 요동하네. 아마 관상대 지진계(地震計)에 영향을 크게 줄 걸."

"하하하……"

이 기회를 놓치지 않고 어머니가 또 호소한다.

"선생님, 지진계는 몰라두 저는 정말 큰 영향을 받구 있어요. 마치 옆에 발동 걸어 놓은 자동차가 있는 것 같아서 하루두 잠을 편히 자본 날이 없어요. 일생을 수면부족으루 살아야 하니 이런 괴로움이 또 있겠어요?"

"또 거짓말한다."

아버지가 눈을 흘기신다.

"거짓말일는지두 몰라요. 일년에 이틀 즉 크리스마스 이브 하구 섣달 그믐날은 저 이가 밖에서 안 들어오시니까 잠을 깊이 들어봄직두 하건만, 그런 밤은 또 그런 밤대루 잠이 안 오니까 탈이지요."

"당신은 하나도 쓰잘 데 없는 생각만 하구 있다니까. 그런 얘기 하구 지금 이 얘기하구가 무슨 상관이요?"

"왜 상관이 없어요?"

"어흠, 음향 관제, 음향 관제. 소리가 높아. ······하여간 고군은 코 고는 일에 대해서 맹성(猛省)을 하구 곧 시정할 필요가 있어, 알았나?"

"알았습니다."

알았다고는 했지만 불평은 만만한 모양이시다. 그러나 불평을 털어 놓을 수는 없다. 그랬다가는 한참 더 설교를 듣게 될 뿐 아니라, 이야기 도중에 여러 가지 구악(舊惡)이 드러나서 긁어 부스럼을 만드는 경우가 많을 것이니 말이다. 어떻든 시정 명령이 내리고 또 그러겠노라고는 하지만 아버지는 잠만 들면 여전히 코를 고시니까 이는 음향관제의 대상 밖이 아닐 수 없다.

계엄 부사령관 53

둘째는 '히메'가 짖는 소리다. '히메'는 일본산 발바리 종류인데 작은 몸집에 비하여 소리가 엄청나게 우렁차다. 에너지 선생이 아무리,

"요놈의 개, 조용조용히 짖어라."

하고 야단을 치셔도 소용이 없다. 그럴 때면 도리어 노인을 향하여 마구 짖어댄다. '히메'는 영리한 개이지만 에너지 선생이 얼마나 무서운지는 모르는 모양이다. 이것이 아버지는 몹시 통쾌하신가 보다.

한 번은 이런 일이 있었다. '히메'가 냉큼 뛰어 올라서 에너지 선생의 입을 핥았다. 이것을 본 아버지가 질겁을 하셔서,

"할멈, 할멈."

하고 고함을 치셨다.

"네."

"대야하구 양칫물 얼른 떠 와요."

"네."

이때도 에너지 선생은 점잖게 아버지를 타이르신다.

"괜찮어, 방안에서 기르는 개인데 뭐 얼마나 더러울라구. 비록 내가 그렇게 됐더라두 말은 조용히 하는 게 좋겠어."

"죄송합니다."

"죄송하달 게 없대두."

"그때 식모 할멈이 빈 대야에 양칫물 그릇을 담아가지고

왔다.

"물 떠 왔는데요."

"음, 그럼 게 놓구 '히메'의 입을 씻어 주우."

결국 양칫물은 '히메'의 것이었다. 에너지 선생의 입을 핥아서 개의 입이 더러워졌으니까 그걸 씻어 주라는 취지인데, 물론 이것은 에너지 선생에 대한 아버지의 간접적인 보복일 것이다.

이러한 '히메'는 천하에 꺼릴 것 없이, 복도건 계단에서건 마구 짖어댄다.

셋째로는 매지 누나의 발성 연습과 피아노 소리다.

"어, 참. 이 집에서 저 소리만 없으문 인생이 한결 더 즐거우련만, 저 소리가 탈이란 말이야. 딩동댕동 동당딩동, 에이 내가 못 살어."

에너지 선생은 피아노 소리하고 왜 그렇게 못 사귀었는지 그 소리만 나면 아주 질색이시다. 게다가 발성 연습까지 곁들이니 더 할 수밖에.

"아, 아, 아, 아, 아……."

"아, 아, 아, 아, 아……."

이 소리만 나면 에너지 선생의 커다란 눈이 더 크게 떠진다.

"대관절 저게 무슨 소리란 말이야."

"발성 연습입니다."

하고 내가 설명을 해 드릴 양이면,

"발성 연습? 나 보기엔 발악 연습 같다. 벙어리가 발악하는 연습."

"하하하, 성악 공부에는 저게 필요합니다."

"성악 공부라니, 소리를 악하게 하는 공부 말이냐?"

"하하하, 설마요."

매지 누나가 성악 연습을 하는 시간이면 에너지 선생은 수영 선수처럼 귀에 솜을 틀어막고 다니신다. 물이 들어갈까 봐가 아니라 소리가 들어갈까 봐서다.

고등학교만 졸업하면 음악 대학을 지망한다는 매지 누나이고 보니 아무리 에너지 선생이라 할지라도 발성 연습과 피아노 공부를 막을 수는 없는 형편이다.

에너지 선생이 귀를 막고 계신 시간은 우리가 떠들어도 상관이 없다. 오히려,

"떠들지 말랬다구 말까지 너무 작게 해서 들리지가 않는다. 그 보다는 좀 크게."

하는 주문이시다. 당신의 귀를 막은 생각은 안하시고 남더러 말을 작게 한다고 하시니, 이 어른 도대체 어디까지 자기 중심적인지 알 수가 없다.

그리고 또 하나 에너지 선생의 힘이 미치지 않는 곳이 있다. 그것은 부엌이다. 부엌의 왕초는 할멈이다. 부엌 식구는 할멈을 위시하여 찬모(饌母), 안잠자기 아이, 이렇게 셋 뿐이

지마는 그밖의 아랫사람들, 즉 운전사 차 서방에 침모(針母)까지도 할멈의 지휘 감독을 받게 마련이다. 찬모와 침모는 와서 살지 않고 제 집에서 다니는 사람들이지마는 모이기만 모이면 할멈을 중심으로 일대 왕국을 이룩한다. 여기는 완전히 치외법권(治外法權) 지역이다. 포고령이고 무어고가 없다. 갈비 찍는 소리, 난도질하는 소리…… 아무리 칼 도마 소리를 요란하게 내어도 에너지 선생은 아무 말도 못한다. 여기에는 깊은 까닭이 있다.

하루는 에너지 선생이 밤중에 화장실에 갈 일이 있어 내복 바람으로 복도에 나섰다. 일을 다 보고 방으로 돌아오려다가 갑자기 출출한 생각이 들었다.

'음, 뭐 요기할 게 좀 있었으문 좋겠는데.'

생각이 여기에 미치자, 더 생각할 겨를이 없었다. 그래서 그는 소리 없이 부엌 쪽을 향해 걸음을 옮겨 놓았다. 식구들이 다 잠이 든 밤, 곤한 잠을 달게 자는 시각이라 소리를 내지 않으려고 다른 때보다 더 조심하며 부엌문을 살그머니 열었다. 유리창 밖에 쌓인 눈빛으로 부엌 안은 으스름히 밝았다. 에너지 선생은 도둑놈처럼 사방을 둘러보았다.

'아, 있다.'

그의 눈에 뜨인 것은 찬장 안에 있는 청주 병이었다.

'그러면 그렇지, 저게 있는 바에야 다른 게 소용없지.'

그는 씨익 웃었다. 그러고는 찬장 문을 바시시 열고 술병을 들어내었다. 데울 겨를도 없이 찬 술을 한 대접 따라서 단숨에 주욱 들이켰다. 정신이 번쩍 나도록 속이 시원하다.

이렇게 되니 안주 생각이 났다. 먹다 남은 김치라도 없나 싶어서 발을 옮겨 놓는데, 바로 발 아래서 놀라운 소리가 났다.

"타악!"

요란한 금속성 소리였다. 놀래서 흠칫 물러나서 보니 쥐덫이다.

'음!'

에너지 선생은 식은 땀이 부쩍 났다.

'위험천만.'

이만하기가 얼마나 다행이냐. 안 치었기에 망정이지 만일 치었어봐라 뭐가 됐겠나. 발가락 다친 것은 고만 두고라도 당장 그 창피를 어찌할 것이랴.

'어, 다행한 일.'

모처럼 한 사발 마신 술이 전부 땀이 되어 나오는 듯하였다.

이때 부엌에 달린 식모 방에서 이런 소리가 새어 나왔다.

"분명 쥐덫 소리가 났는데 아무렇지두 않은 걸 보문, 쥐란 놈이 달아났나 부지?"

할멈의 음성이다.

'음, 무엄하고 괘씸하다. 나보구 쥐라니.'

에너지 선생은 어둠 속에서 방 쪽을 향해 눈을 흘겼다.
"그런가 봐요, 달그락거리는 걸 보문 쥐가 살아있는 게 틀림없어요."

안잠자기의 목소리다.

'음!'

에너지 선생은 눈을 감았다. 신세가 처량해서다. 눈빛으로 책을 읽고 공부한 보람으로 성공을 했대서 옛날사람은 형설지공(螢雪之功)이라 했다는데, 나는 이게 무슨 꼴이람. 눈빛 아래 술을 훔쳐 먹다가 '쥐란 놈'이란 소리까지 듣다니……. 그는 눈을 번쩍 떴다. 찬장 유리에 비쳐진 자기 얼굴이 보인다. 도둑놈처럼 보인다. 에너지 선생은 자신이 생각해도 부끄러워져서 입을 쑥 내밀고 오만상을 찡그려 보았다.

'이럴 때가 아니야, 얼른 마시고 방으로 들어가야지.'

고무신을 걸친 맨발로 서 있자니 창에서 찬 공기가 기어올라와 아랫배가 싸늘해진다.

'안주는 무슨 안주, 지금 이 형편에서 격식을 찾을 수가 있나. 술만이라두 얼른 마셔야지.'

이번에는 그릇에 따를 기분도 나지 않아서 술병을 그대로 들어서 병나발을 부는데 방안에서 또 소리가 났다.

"딸깡하는 소리가 났지?"

"쥐겠지요, 뭐."

"아니, 쥐보다는 커."

"그럼 고양일 거예요."

"문을 좀 열어 봐라."

"싫어요. 무서운 걸요."

"무섭긴, 열어 보래두."

"춥기두 하구요."

이 대화를 들은 에너지 선생은 느닷없이 고양이 흉내를 내지 않을 수 없었다.

"야옹."

이 때 방에서,

"저것 봐요 할머니, 고양이가 틀림없죠?"

"글쎄다. 고양이 소리치구는 좀 굵다마는."

"아마 늙은 고양이신가부죠."

세상에 이런 봉변도 있는가, 고양이가 되기도 서러운데 늙은 고양이라고 한다.

"할머니 우리 구경할까요? 늙은 고양이는 못 봤어요."

고양이임을 확인하고는 공포심이 없어지고 자신이 생기는지 자꾸만 문을 열겠다고 한다. 이쯤에 이르러 에너지 선생은 자기가 늙지 않은 고양이라는 점을 밝혀야 할 필요를 느껴서 아까보다는 훨씬 가늘게, 말하자면 '바리톤'에서 '테너'로 음성을 가다듬어 가지고 또 한번

"야옹."

하였다. 달아나더라도 문을 벌컥 열기 전에 고양이 소리를

연신 지르면서 달아나야겠다고 생각한 것이다.

"애, 이제 고만 내버려두구 잠이나 자자."

'고마운 말, 할멈이 역시 아량이 있다.'

이런 생각을 하고 있을 적에 긴장을 풀어 놓은 것이 잘못이었다.

"에, 에, 에취."

내복 바람으로 찬 술을 마신 탓에 감기가 드는지 재채기가 튀어나왔다.

"어머나, 고양이가 재채기를 했어요."

문이 벌컥 열렸다.

"도, 도, 도, 도둑……."

할멈이 다듬이 방망이를 찾아 들고 달려나온다.

"아, 아, 아니오, 나요 나."

"무엇이? 선생이구나. 이 녀석, 또 뭣을 훔쳐 먹으려구 나왔니."

할멈이 조금은 마음을 놓는 모양이었다. 그것은 가정교사 양 선생이 이따금씩 누룽지를 훔쳐 먹으려고 부엌에 나오는 것을 붙잡곤 했기 때문에 깔축없이 그렇게 여긴 탓이다.

"이런 고얀 말투 봤나."

이런 형편에서도 체면은 차려야겠으므로 에너지 선생은 호령을 한다.

"아니 이게 누구요?"

"나라니까, 나래두, 사람을 똑똑히 보구 말해요."
"영감님이 웬 일이요?"
"하하하, 이제야 겨우 알아본 모양이지?"
"영감이래두 떳떳하지가 못해요. 야밤중에 이게 무슨 짓이오?"
"뒷간에 다니러 나왔다가 잠에 취해서 고만 길을 잘못 들었구려."
"잠에 취한 게 아니라 술에 취하셨구려, 에그머니나 저 술병."
"어? 잠결에 냉순줄 알구서 정신없이 마신 것이 술이었구려."
"에그머니나 세상에."
에너지 선생의 위 아래를 훑어보던 할멈이 비명에 가까운 소리를 질렀다.
"왜, 왜 그러우?"
"아니, 이 늙은이가 어쩌자구 알몸뚱이루 나와 가지구선…… 에그머니, 망칙두 하지. 썩 물러가요 썩."
할멈은 두 손으로 얼굴을 감싸쥔다.
"알몸이 왜 알몸이요, 이렇게 내복을 입었는데."
에너지 선생은 한걸음 다가선다.
"비키래두."
할멈이 한걸음 물러선다. 그도 그럴 것이다. 가뜩이나 시력이 부족한 데다가 자다 깬 침침한 눈이 살빛 메리야스, 상하 내의를 입고 어스름한 어둠 속에 서 있는 남자를 벌거숭이로 알았던 것이다.

"암만 나이를 먹었어두 여자는 여자가 아니냐. 또 아무리 늙기는 늙었어두 남자는 남자가 아니겠는가. 그런데 어쩌자구 발가벗은 몸으루……."

"할멈, 그건 오해요. 자, 만져 봐."

물론 내복을 만져보라는 말이지만, 할멈은 또 어떻게 오해를 했던지 방망이 잡은 손에 힘을 주었다.

"골통이 당장 깨지지 않으려거든 썩 물러가오."

"나 원 이런."

"두 번 다시 이런 꼴루 여기에 나타나문 그때는 사생결단을 낼 줄 아시오."

"할멈, 무슨 오해가 있는 모양인데……."

"오해구 뭐구 오늘 밤 있은 일은 입 밖에 말을 내지 않을 테니 다시는 무슨 볼일루든 남자가 부엌엘 나오지 마슈."

"그러리다."

에너지 선생은 더 다투지 않고 고만 물러나 방으로 돌아왔다. 집이 크다는 건 고마운 일이다. 부엌에서 이런 소동이 일어났건만 다른 식구들은 아무도 모른다. 에너지 선생과 할멈, 그리고 안잠자기 삼례만이 아는 비밀인데 이 일을 내가 어떻게 이렇듯 자세히 알고 있는고 하니, 그것은 삼례가 나한테만 따로 들려주었기 때문이다.
 이런 일이 있고 나서부터 에너지 선생은 부엌에는 얼씬도 못하게 되었다. 부엌의 총책임자요 총지휘자는 할멈이다. 그래서 나는 할멈을 계엄 부사령관이라고 부르게 된 것이다.

오수부동(五獸不動)

"더운 물 좀 주우."
"더운 물은 뭘 하게요?"
"뭘하긴 뭘해, 쓰려구 그러지."
"그러니까 뭣에 쓸 것인지 말하라는 거 아니우? 먹을 것인지 씻을 것인지."
"씻을 거요. 뜨거운 물루 좀 주우."
"그렇대문 많아야겠구만. 이 식구에 세수하는데까지 뜨겁게 써서야 무슨 수루 더운 물을 당해 내겠소이까. 조금만 써요."

부엌 문 앞에 서서 쪽박을 들고 마치 동냥 온 거지 모양, 더운 물을 구걸하기에 여념이 없는 것은 에너지 선생이고, 물이 아깝다고 마냥 구박을 하고 섰는 것이 우리 집 계엄 부사령관인 할멈이다.

"애개, 요게 뭐야. 조금만 더 줘요. 누가 양치질 하려구 그러나? 세수하려는 건데."
"늙은이가 더운 물루 세수하문 얼굴에 주름살이 생긴다

구요."

"늙은이 늙은이 말우. 저는 얼마나 젊어서 나보구 그런다누."

"내가 언제 젊었댔나, 제가 늙었달 뿐인데 웬 여러 말이야."

"아따 뵈기두 싫어. 어서 물이나 줘."

"냉수마찰이 건강에 좋다구 몸뚱이는 밤낮 찬물루 비벼대면서 얼굴은 더운 물에 씻어야 한다니, 그 속은 정말 알다가두 모르겠어."

"누가 저더러 그런 걱정 해달랬나. 주기만 하문 될 게 아니야."

차츰 말씨가 거칠어 간다. 저러다가 싸우지 않을까 걱정이 될 지경이다.

웬일인지 에너지 선생과 할멈은 옹추요, 앙숙이다. 만나기만 하면 옹알거리고 으르렁대니 무슨 까닭일까. 나는 보다 못해 할멈에게 말했다.

"할멈."

"네."

"내가 찬물에 세수할테니 선생님에게 더운물을 드려."

"에그머니 데련님두, 데련님은 마음씨두 착하시지. 내가 저 늙은이 버릇을 가르치느라구 그러는 게지, 어디 물이 아까워서 그러나요?"

"할멈 난 다 알아, 전날 밤에 선생님이 부엌에 나오셨던

일 땜에 그러지?"

"네? 데, 데련님이 그 일을 어떻게 아시우?"

"난 다 안 대두."

이때 힐끗 에너지 선생을 보니 선생의 얼굴이 네온사인 모양 붉으락푸르락한다. 아마 부끄러워지신 모양이다. 나는 이내 후회가 되었다.

'공연한 말을 했나보다.'

나는 눈물이 날 지경으로 선생님이 가엾어졌다. 그렇게도 기운이 넘치던 선생이 어쩌면 저다지도 풀이 죽어 계시단 말인가.

나는 이 기회에 할멈을 한번 야단쳐 줘야겠다 생각하고 무겁게 불렀다.

"할멈."

"네."

"할멈은 어째서 선생님하구 싸우기만 하지?"

"이게 어디 싸우는 겁니까요? 버릇을 가르치는 거래두요."

"못써 할멈, 그러문."

"네?"

"남이 한번 실수한 일을 약점 잡아서 두구두구 짓궂게 들볶는 건 잘하는 일이 아니야."

"에그 데련님."

곁눈으로 보니, 에너지 선생은 외면한 채 수염도 없는 턱

을 손바닥으로 쓰다듬고 계시다. 할멈은 낄낄대면서,

"……데련님 실상은 이 노인네가…… 아니 에너지 선생이, 데련님을 자꾸만 못살게 구는 게 보기가 싫어서 한바탕씩 해 주는 거랍니다."

"나를 위해서?"

"그렇다구 볼 수 있지요, 어디서 뛰어들었는지 내가 알지두 못하는 늙은이가 제법 대단한 어른이나 되는 것처럼 우쭐대는 것이 나 보기엔 무척 희떠워서 그러우."

"닥쳐, 버릇없는."

에너지 선생 입에서 우뢰같은 호령이 떨어졌다.

"……내가 가만히 듣고 있으니깐 두룩 세상이 온통 제 세상인줄 아남."

그러나 할멈도 지지 않고 마주 고함을 지른다.

"뭐라구? 벌거벗구 부엌에 나와서 술을 훔쳐 먹구…… 그런 주제가 무슨."

"에헴 에헴."

에너지 선생은 별안간 기침을 하면서 저만치 가버리고 말았다. 아무래도 할멈을 당해 낼 자신이 없으신가 보다.

어떻든 우리 집은 기상배치도(氣象配置圖)가 퍽 이상해졌다.

부엌 식구들은 할멈에게 꼼짝 못하고, 할멈은 어머니 앞에서 쥐구멍을 찾고, 어머니는 아버지를 어려워하시고, 아버지는 에너지 선생을 두려워하고, 에너지 선생은 할멈 앞에서 숨을 크게 못 쉬고, 할멈은 또 나를 보면 꼼짝 못하니…… 이게 어떻게 된 일인가 말이다.

오수부동인가, 아무래도 그런가 보다.

일당백(一當百)

 개학이 되어서 나는 학교에 다니게 되었다. 전에는 차 서방이 운전하는 자가용차를 타고 우리 네 남매가 차례로 학교 앞에서 내리면 그만이었는데 이제는 그렇지가 못하고, 다른 집 아이들처럼 아침 일찍 일어나서 등교 준비를 해야 할 운명에 부닥치고 말았다. 이것은 말할 나위도 없이 에너지 선생이 내린 포고령 제2호, 자가용차 사용금지 조항에 따른 조치에 희생이 된 것이다. 이 조항은 방학 기간 중에는 그 괴로움의 실감을 그다지 느끼지 못했었다. 입으로는 항의를 하면서도 당장 몸에 미치는 고통이 없었으므로 별로 대단치 않게 여겨 왔는데, 막상 개학을 하고 보니 그 괴로움은 뼈에 사무치도록 절실한 것이었다. 에너지 선생 말대로 한다면 추우나 더우나 눈이 오나 비가 오나 꼭 걸어다니게 마련이니, 그것도 적잖게 괴로우려니와 아침 일찍 일어나야 하는 일이 더욱 고통스러웠다. 우리 남매는 새벽에 집을 나서면서 하릴없이 정원에 서 있는 자가용차를 원망스러운 눈초리로 쏘아 보곤 하였다. 선생의 이러한 조치에 반기를 들고 나선 것은 작은누나 매지였다.

"무슨 물건이든 쓰지 않구 두는 건 폐물(廢物)이야. 우리는 이 폐물을 이용해야 해."

여기서 '폐물'이라 함은 두말할 나위도 없이 자동차를 이르는 것이다. 아버지가 차를 타고 출근하시려면 아직도 시간이 멀어서 그때까지는 놀려 두는 차니까 폐물이라는 것이다.

매지 누나가 우리 남매를 대표해서 어머니께 항의를 했던 바 어머니는,

"글쎄다, 난 모르겠다. 에너지 선생께 여쭈어 봐라." 하셨다는 것이다.

어머니가 그렇게 나오실 줄 나는 미리 알고 있었기 때문에 놀라지 않았으나, 다른 남매들은 한결같이 분개한다. 송지 누나는 입에 거품을 물고 팔을 휘두르면서,

"그 노인네가 우리하구 무슨 원수를 졌기에 그 따위람."

하면서 흥분하였지만, 음성은 역시 작다. 음향관제 조항을 지키느라고 그러는 게 아님이 뻔하니, 역시 에너지 선생이 들을까봐 겁이 나는 탓인가보다.

"우리 모두 에너지 선생을 규탄하는 성토대회를 열까?"

하고 과격한 어조로 씨부렁거린 것이 형 수길이다.

"그보다는 우리 네 남매의 이름으로 항의문을 보내는 게 좋을 거 같다."

하고 말한 것은 송지 누나다. 아무래도 에너지 선생과 마주 앉아서 그 퉁방울 같은 눈총을 맞기보다는, 보이지 않는 곳에서 끄적끄적 편지를 써 가지고 몰래 전달하는 편이 덜 무섭다고 여긴 모양이다.

아마도 '러브 레터'를 보내는 심리가 그런 것이 아닐까 여겨진다.

"아니야, 즉답(即答)을 얻기 위해선 직접 찾아가 담판하는 게 더 효과적일 거야."

하고 매지 누나가 용감한 체한다. 그러나 송지 누나는,

"그럴래문 어머니를 앞장세워서 같이 가는 편이 유리할 게다."

하고 소극적인 의향을 내세운다.

"어머니가 같이 가 주실까?"

"주실 거야. 다른 조항은 몰라두 차량 사용 금지 조항만은 어머니두 반대하시는 눈치거든. 내색은 못하지만 아침마다 집을 나서는 우릴 애처롭게 여기시는 게 틀림없어."

이 의견에는 형이 반대하고 나섰다.

"소용없어, 갈 테면 우리끼리 가. 어머닐 모시구 가는 건 공연히 우리의 약점만 보이는 결과가 되니까."

"글쎄, 그렇다니까."

작은누나는 찬성하였으나, 큰누나는 계속 태도가 신중하였다. 그도 그럴 것이 섣불리 덤볐다가는,

'집안의 장녀로서 지도적 입장에 있는 송지가 이런 일에 선봉장으루 나서는 건 어불성설(語不成說)이다.'

하는 날카로운 꾸중을 한 몸에 받기가 첩경인 때문이다.

"그럼 이렇게 해, 가긴 가는데 말이야, 주장이 어느 한 편으루 기울지 않도록 고루고루 발언하기루 하자. 이건 의사 발표의 권리 행사의 기회를 균등히 하자는 나의 고충이다"

하며 생색이다.

"그러니까 쉽게 말하면 한 사람이 한마디씩 차례루 돌려가며 말하자는 거다."

누가 못 알아 들었을까봐서 해설을 덧붙인다.

"좋아, 우린 누구의 부추김을 받아서 밀려온 게 아니라, 어디까지나 각자의 자유 의사로 왔다는 걸 보여야 한단 말이지?"

내가 이렇게 변죽을 울렸더니,

"바로 그거야, 갈 테문 빨리 가자. 내가 앞장 설게."

하고 송지 누나가 먼저 일어서므로 우리 일행은 에너지 선생이 계신 사감실로 줄을 서서 행진하였다. 내가 문을 노크하자 안에서는,

"네."

하는 굵은 음성이 나온다. 동시에 나는 가슴이 철썩 내려앉았다. 가슴이 덜컥 내려앉은 것은 나만이 아닌 듯 형과 누나들이 모르는 사이에 심장 쪽으로 손을 가져간다.

"들어 와."

또 한번 채근을 받고야 서로 쿡쿡 찔러서 앞서기를 사양하여, 내가 마침내 핸들에 손을 대었다.

"1대 4니까 기운을 내야 한다."

송지 누나가 떨리는 음성으로 나직이 격려를 한다. 매지도 맞장구를 쳐서,

"물론이야. 만일 우리 사이에서 배신자가 나오는 날에는 '남매'의 이름우루 혼을 내 줄테니 그리 알어."

하며 부르르 치를 떤다. 그러나 떠는 것은 그것만이 아닌 모양이다. 마음도 떨고 있는 것이 분명하다.

"안 들어 오문 내가 그리루 나갈 테다."

위협조의 음성이 안에서 나오자 수길이 형이,
"네, 네." 하며 어마지두에 먼저 안으로 들어갔다.
"선생님 안녕하세요?"
굽신하는 형.
"음 난 또 누구라구. 웬일이냐, 들어들 와."
선생은 누구를 기대했었는지 실망했다는 듯, 그러나 이왕 들어들 오라는 태도로 탐탁지 않게 여기면서도 경계하는 빛이 완연하다. 우리도 살얼음판을 밟듯이 조심하면서 들어섰다. 에너지 선생은 한 바퀴 휙 훑어보더니,
"너희들 나한테 할 말이 있어 왔구나. 사양할 거 없다. 빨리 말해라."
하신다. 벌써 용무를 알아차리신 모양이다. 이에 매지 누나가 밖에서와는 달리 기운 없는 소리로,
"수길아, 네가 말해라."
하며 형을 쿡 찌른다.
"약속이 틀리지 않어? 난 벌써 한마디 했단 말이야. 다음은 누나 차례야."
"뭐랬어, 아직 말두 꺼내기 전인데."
"'안녕하세요' 했잖어?"
"그것두 말 한 쪽에 드나?"
"그건 뭐, 말이 아니문 편진가? 기회균등, 기회균등."
형이 꽁지를 빼자 송지 누나가

"에헴 에헴……."

하고 기침을 한다.

"누나, 에헴 에헴 두 말 대용품이야?"

하고 내가 씨까스르니까,

"아니다, 이건 말할 준비야."

하고 주춤댄다.

"선생님 저어, 우리는 저어……."

작은누나가 보다 못해,

"내가 말할게…… 저 선생님, 선생님이 우리 집에 오시자 뭣이한 거 있지 않아요? 우리는 거기에 대해 굉장히 뭣이 하구 있어요."

했다. 이것은 분명히 발언은 발언이지만, 요령부득이다. 아니나 다를까 에너지 선생이,

"뭣이한 걸 뭣이 하구 있다니, 그게 대관절 뭣이냐?"

하고 따지신다.

"아이 참, 수동아 네가 말해라."

"아직 내 차례가 아닌데."

"그래두 넌 남자 아니니? 남자답게 시원히 말해 봐."

이 말에 나는 용기를 내었다.

"선생님."

"등교할 때 집의 차 타지 말라신 거 말인데요."

"그래서?"

선생의 눈은 벌써 교통 신호등처럼 빨개졌다 파래졌다하며 껌벅거렸다.

"……그래서 어쨌다는 거야?"

나는 기가 질려서 선생을 똑바로 볼 수가 없었다.

"그래서 그렇다는 겁니다."

"그래서 그렇다니? 음, 괘씸한."

우리 네 남매는 조끄맣게 되어서 옹송그리고 앉아 있었다. 이제는 입이 굳어 버렸는지 감히 아무도 말을 하려는 눈치도 없다. 일당백(一當百), 선생은 과연 일당백이다. 그러나 나는 이미 입을 연 이상 책임을 안 느낄 수가 없었다.

"선생님, 다 들어 보시기두 전에 역정부터 내세요?" 하였더니,

"낼만 하니까 내지, 내가 너희들 말은 들어보나 마나다." 하면서 쓰윽 무릎 걸음으로 한번 다가앉자 우리는 무의식 중에 한걸음씩 물러나 앉았다.

"너희들 들어봐라. 우리나라에서 휘발유가 나냐, 안 나냐?"

이 말에 작은 누나가, 어디서 그런 용기가 났는지 별안간 대들었다.

"그런 거 다 알아요, 선생님이 무슨 말씀을 하시려는지두. 그렇다면 쌀이 안 나는 외국 사람들은 쌀밥을 못먹겠네요?"

나는 통쾌했다. 그러나 에너지 선생은 태연하다. 아니 웃기까지 하면서,

"좋아, 매지가 좋은 말을 했다. 그럼 매지야, 너 휘발유 한 대접 마셔 보겠니?"

"휘발유를 왜 마셔요. 누굴 자동찬줄 아시남? 흥!"

매지 누나는 보기도 싫다는 듯 획 돌아앉아 버렸다. 여기에 기운을 얻은 나머지 세 남매가 저마다 한마디씩 한다.

"선생님, 자동차 이용하는 거만은 허락해 주세요."

"정말 부탁이에요."

"다리가 부어 오르구 몸살이 다 날 지경이에요."

등등……마치 '슈푸레코홀'이나 하듯이 뇌적거렸다.

"자동차 이용하는 거까진 막지 않는다. 정히 걷기가 어려우문 버스를 타두 좋다. 버스두 자동차니까."

이 때 작은 누나가 정중히 한마디 하였다.

"'선생님은 몰라서 그러시지, 요새 버스 안이 어떤지나 아세요?"

"어떻긴 어때 춥지두 덥지두 않아서 타구 다니기가 아주 알맞지."

"그런 거 말구요. 남학생이나 젊은 남자들이 공연히 옆에 와서 치근덕거리구 몸을 비벼대구 그런단 말예요. 버스 안의 풍기가 말이 아니거든요."

"정말 그래요. 나두 여러 번 당해봤어요."

송지 누나가 맞장구치는 말이 다 끝나기도 전인데 선생의 입에서 벽력같은 호령이 떨어졌다.

"불학무식한 놈들."

우리 네 남매는 깜짝 놀래서 곤두박질을 치듯이 엉덩이를 들었다 놓았다.

"……그런 녀석이 있으문 지체 말구 나를 불러라. 내가 그런 놈들의 덜미를 잡아서 능지처참을 하겠다."

하면서 모범이나 보여 주려는 듯, 그 넉가래처럼 커다란 손으로 수길 형의 목덜미를 꽉 움켜 잡는다.

"끼익."

자동차가 급정거할 때 브레이크 밟는 소리같은 비명이 형의 입에서 새어나왔다.

"놔 주세요. 선생님, 이거 놔요."

"너야 아무 죄도 없으니까 놔 달래문 놔 준다마는, 그 녀석들을 내 당장에……."

형의 덜미를 놓은 에너지 선생의 손이 또 다른 시범(示範)을 보이려고 내 앞으로 다가왔을 때, 나는 이내 몸을 피해 버렸다.

'위기일발'

"그렇지만 선생님이 옆에 계셔야 연락을 하지요. 집에 계신데 어떻게 알려드려요?"

큰 누나의 말에 선생은,

"그런 때는 전화나 전보루…… 할 수두 없으니까…… 송지 말이 맞다. 그건 그렇겠다."

하며 '레슬링' 선수 모양 앞으로 내밀었던 팔을 도로 내려놓았다.

"그래서 정말 싫어요. 버스를 타는 건."

"그러니까 걸어서 다니라는 거야. 그렇게."

"아이 참, 선생님두."

여기서 우리의 '슈푸레코홀'은 끝났다. 이제부터는 선생의 독무대다.

"너희들 내 말 자세히 듣거라."

도사리는 품이 심상치 않다. 폭풍 전야의 고즈넉함. 우리는 숨을 죽이고 조용해졌다.

"우리나라 총인구가 얼마냐? 아는 사람."

하며 선생이 먼저 손을 번쩍 든다. 유치한 질문이라 대답이 겁날 것은 없으나, 번쩍 든 손이 무서워서 나는 또 한번 뒷걸음질을 쳤다. 그러는 나에게 선생의 시선이 멈추어졌다.

"수동이가 대답해라."

"3천만입니다."

"옳아, 3천만이다. 그러구 보문 너희들 하나 하나는 3천만분의 1이 아니냐?"

"그렇습니다."

"묻지 않는 말엔 잠자쿠 있어."

형이 핀잔을 듣고 목을 움츠렸다.

"……너희들은 장차 어른이 되어서 훌륭한 3천 만분의

1 구실을 해야한다. 그것두 못될 바에는 일찌감치 죽어야 하고."

"……"

"우리나라에서 너희들처럼 자가용 차를 타구 등교할 수 있는 학생이 몇이나 될까? 자세히는 몰라두 3천만의 만분의 1인 3천 명이나 될까? ……아마 그렇지 못할 게다. 훨씬 더 적은 숫자겠지. 그렇다면 너희들 생각해 봐라. 장래에 남의 만갑절 구실을 할 수 있느냐? 그런 자신이 있는 사람은 내일부터라두 좋으니 자가용을 타구 학교엘 다녀라."

이것은 분명히 궤변(詭辯)이다. 내게도 할 말은 있다.

'그러면 아버지는 남보다 만 갑절 일을 하는 훌륭한 분이냐?'고.

허지만 나는 입을 열지 않았다. 다른 남매들도 꿀 먹은 벙어리다.

"알았거든 물러들 가라."

우리는 장례식에 참석했던 사람 모양 비장한 표정으로 사감실을 나왔다.

우리를 내보내 놓고 나서 회심의 미소를 지을 에너지 선생을 생각하면 밉기 그지없다.

일당백(一當百) 81

또 하나의 포고령

　나는 버스로 학교에 다니기로 하였다. 학생은 물론, 출퇴근하는 어른들과 줄줄이 늘어서서 버스를 기다리는 게 여간 고된 일이 아니다.
　간혹 새치기하는 얌체가 있다. '저런 사람은 3천만분의 1 구실을 못하는 인물'이라고 규정 지으며 속으로 욕설을 퍼부으나 시원치가 않다. 내가 버스를 타는 곳은 종점이라 다른 정류장에서보다는 타기가 좀 수월하지마는 그래도 기다리는 고통은 마찬가지다.
　하루는 밤 늦게까지 만화책을 보다가 고만 잠을 못 자고 아침나절에야 잠깐 눈을 감았다. 그 때문에 하마터면 지각을 할 뻔하였다. 그래서 이날은 버스 타기를 단념하고 한번 합승을 이용하기로 했다. 버스는 학생 할인을 해 줘서 3원이면 되지만 합승은 10원이니 세갑절이 넘는다. 나는 3천만분의 3노릇을 할 수 있을까 생각하니 저절로 웃음이 난다. 이런 마당에서 10원에 겁을 낼 내가 아니다. 30원이나 40원을 내고 택시를 타도 좋다. 왜냐하면 세뱃돈 벌어둔 것이 아직

남아 있기 때문이다. 세뱃돈 말이 났으니 말인데, 나는 이중과세(二重過歲)를 절대 찬성하는 사람이다. 구정에도 세배를 할 수 있고 세배를 하면 돈이 생기니까 이렇게 축복 받은 날이 어디 또 있겠는가. 내 설합 속에는 신정과 구정에 받아 모은 세뱃돈이 두둑히 있다. 그 돈만 가지고 있으면 합승 따위 백번도 더 탈것이다.

이런 생각을 하면서 잡아 탄 합승에서 나는 뜻밖의 사람을 만났다. 그것은 손님이 아니라 여차장이다. 대개 버스나 합승의 차장은 암상과 심술과 신경질이 가득한데, 이 차장만은 그렇지가 않다. 어느 손님에게나 상글상글 웃는 낯으로 친절히 대할 뿐 아니라, 자연스러운 애교가 차 안의 분위기를 부드럽게 만들어 준다.

얼굴도 이쁘다. 음성도 아름답다. 말씨도 얼굴이나 음성 못잖게 상냥스럽다. 보통 차장들은
"중앙청 앞, 내리실 분 안 계셔?"
하기가 일수인데 이 처녀는,
"다음은 중앙청 앞입니다. 내리실 분 안계십니까?"
하고 또렷한 존대어를 쓴다. 나는 이 여차장이 단박에 좋아졌다.

'이담에 내가 장가를 간다면 저런 색시를 얻어야 할텐데……'

이런 생각을 하니 얼굴이 화끈하고 명치 끝이 오주주한다.

나는 창밖의 거리보다 차 안의 여차장을 주목하였다. 보면 볼수록 귀여운 얼굴, 넋을 잃고 보고 있다가 나는 내가 내릴 정류장을 정신없이 둘이나 놓쳐 버려서 허둥지둥 아무데서나 차에서 내렸다. 내려서도 한참을 거리에 선 채 달려가는 합승을 응시하였다. 귀여운 여차장을 싣고 가는 합승, '서울 영 20X3번'이라고 써붙인 번호판이 내 눈속으로 뛰어든다. 정신이 번쩍 나서 시계를 보니 학교에 늦었다. 이번에는 마라톤 선수처럼 달음질을 쳤으나 결국은 지각이다. 이로써 일년 개근상을 받으려던 나의 희망이 수포로 돌아갔다. 그러나 후회가 되지 않으니 별일이다. 선생님의 설명을 들으면서도 나는 영어 단어나 외우듯이 '서울 영 20X3'을 되풀이하고 있었다…….

다음 날 아침부터, 나는 집에서 일찍 나왔다. 합승 정류장에 나와서 '서울 영 20X3' 합승을 기다리기에 눈이 빠질 지경이다. 그 처녀가 차장 노릇하는 합승을 기다리기 위해서임은 물론이다. 기다리다가 학교시간이 아슬아슬하게 되었을 때, 나는 허겁지겁 아무 합승이나 타고 학교로 간다. 학교에 가서도 내 머리는 학과공부보다 '서울 영 20X3'을 생각하는 데만 사용되었다.

그 합승을 기다리느라고 멍청히 서 있을 때 그제사 집에서 늦게 나선 형과 누나를 만나기도 한다.

"수동아, 너 공부하러 학교에 일찍 간다구 새벽 조반 먹구 나오더니 왜 여태 여기에 있니?"

나도 사람이니까 낯이 붉어질 수 밖에.

"친구 집에서 공부하다가 지금 가는 길이야."

"그럼 버스를 타지 않구서 합승은 왜 기다리지?"

"학교에 빨리 가서 공부하려구."

이런 거짓말을 하면서 나는 양심이 찔렸으나 아무리 정직이 좋다지만 그런 내용을 실토할 수야 있겠는가.

'아, 미스 서울 영 20X3번, 빨리 내 앞에 그 모습을 나타내라.'

나는 아침마다 기도라도 하는 마음이었다. 이런 줄을 모르는 에너지 선생은 칭찬이 대단하시다.

"요사이 수동이는 매우 훌륭해졌다. 일찍이 일어나서 세수를 깨끗이 하구 누구보다두 제일 먼저 학교엘 가니 본받을 만하다. 아마 학년말 시험에는 좋은 성적을 올릴 거다. 다른 아이들두 수동일 거울삼아라."

이런 말씀을 하시는데 그 말을 들을 적마다 나는 재채기가 나올 듯 콧속이 간질거리는 것을 간신히 참곤한다.

'이런 것이 훌륭해지는 것이라면 누구나 다 훌륭해질 것이다. 제발 형제자매여, 나를 본받지 말아 달라.'

이렇게 애원하고 싶은 심정이다. 그런데 어찌된 셈이냐. 서울 영 20X3호 차는 유령열차 모양 어디로 사라져 버렸는지 영영 내 눈앞에 다시는 나타나지 않았다. 사라져 버린 것은 그 합승 뿐 아니라 테이블 서랍 속에 도사리고 있는 나의 세뱃돈도 자취를 감추었다. 누가 훔쳐내서 없어진 것이 아니라, 내가 내 손으로 합승회사에 기부를 한 셈이다. 등교할 때 뿐아니라 기회만 있으면 합승을 타는 버릇이 생겨났기 때문이다.

이제 믿을 곳이라곤 어머니에게서 타내는 용돈 뿐인데, 에너지 선생에게서 난데없는 폭탄선언이 하필이면 이런 때 우박 쏟아지는 듯 떨어졌다.

하루는 선생이 우리 네 남매를 사감실로 부르시더니,

"에, 오늘은 다름이 아니라 너희들이 한 달에 쓰는 용돈을 다시 조정(調整), 책정(策定)하려구 부른거다."

하시므로 우리는 두 손을 들어 환영하였다.

"아이 좋아라."

"선생님은 참 좋은 분이셔."

"우리 마음을 알아주시니 고맙지 뭐야."

나도 한마디 하였다.

"물가가 오른 걸 선생님인들 모르실 리가 있어?"

그런데 이것이 오산이었다. 선생은 기침을 칵 하시더니,

"내가 기본 조사를 해본 결과 너희들이 쓰는 돈은 무한정이었어. 근거두 절제두 없이 마구 썼단 말이다. 그래서는 안 되겠어."

하고 시침을 따신다.

"어머 어머."
"애개개."
"기가 막혀."
"어이없다."
우리는 좋다가 만 꼴이었다. 송지 누나가 먼저 발끈했다.
"선생님 그건 잘못 생각이세요. 요새 물가가 얼마나 올랐는지 아세요? 용돈이라구 하지만 내겐 실험비에요. 그걸 깎는대서야 말이나 돼요?"
"나두 그래요. 음악 책두 사야죠? 이제 졸업만 하문 화장품도 사야죠? 미장원에두 다녀야죠? 지금보다 새루 드는 비용이 엄청날 거예요. 그런데 그런……."
이번은 문제가 돈이라서 직접 이해 관계가 크고 당장부터 미치는 영향이 적잖은지라, 모두들 '슈푸레코홀'할 때와는 달라서 공기가 살벌하리만치 아우성들이다. 나도 잠자코 있을 수가 없어서
"선생님, 우리는 전에 안 들던 새 비용이 선생님 때문에 듭니다. 이걸 아셔야 합니다." 하고 유엔대사처럼 엄숙하게 말했다.
"그게 뭐야, 새 비용이라는 게?"
"교통비가 바루 그겁니다."
설마 여차장을 만나기 위한 합승 값이라고 할 수가 없어서 이렇게 에둘러 말했더니, 남매들은 만세를 부를 때처럼

두 손을 번쩍 들고 저마다 떠든다.

"정말이야."

"들구 말구, 무척 들어."

"그건 막대한 지출이야."

그래도 선생은 왼눈 하나 깜짝 않으시고,

"걸어 댕기는 데두 교통비가 들어? 누가 보행자에게 돈을 받든?"

우리는 또 한번 말문이 막혔다.

"……만부득이 꼭 탈것을 이용해야 할 때는 전차를 타라. 가장 안전하구 시원스럽구."

결국 우리는 후퇴했고 이 문제도 에너지 선생의 생각대로 용돈 액수가 작정되었다. 여기에는 내가 가장 불평이 만만하였다. 용돈 액수를 나이 차례대로 정했기 때문이다.

"나이를 더 먹은 누나나 형은 세상에 나보다 일찍이 태어났기 때문에 그만큼 더 돈을 썼을 거 아니에요. 난 용돈 쓰는 데에는 그만치 신진(新進)이니까 더 많이 써야 수지가 맞는데, 그렇게 안 하는 건 불공평합니다."

하고 주장했으나 우리 편에 배신자가 났다. 나이가 제일 많아서 혜택을 보게 된 송지 누나가,

"그 대신 나이 많은 사람은 먼저 죽구 신진은 오래 살테니까 돈을 더 쓰게 될 거 아니냐?"하고 나섰기 때문에 나는 더 할 말이 없어졌다.

어쨌든 큰일이다. 이제부터는 합승을 타보기가 매우 어려워지지 않았는가. 이것을 가리켜서 우리는 포고령 제8호, 용돈 제한에 관한 조항이라 부르거니와, 대관절 어떻게 되려고 살기가 이렇게 자꾸만 어려워지는지 알 수가 없다.

공청회(公聽會)

　학년말 시험 준비를 하면서도 나의 머릿속은 '서울 영 20X3'으로 꽉 차 있었다. 그 탓에 성적이 엄청나게 떨어져서 간신히 낙제를 면할 정도였다. 에너지 선생은 세상에서도 가장 이상한 일을 보았다는 듯이,
　"아침 일찍이 학교에 가서 공부를 한 수동이 성적이 이렇게 언짢을 리가 없어. 이건 필경 채점을 잘못했거나 사무적인 착오가 있었을 거야, 내가 학교 당국자를 만나보고 엄중 항의를 해야겠다."
　하고 그 유명한 서까래 같은 지팡이를 꺼내 들고 폭력단처럼 나서시는 것을 겨우겨우 말리느라고 온 식구가 진땀을 빼었다.
　나의 성적이 제트기 모양 급강하한 것에 대해 의견은 각설(各說)이 분분하였다. 할멈의 말은,
　"내가 누룽지를 많이 드려서 머리가 우둔해 지셨나봐요."
했고, 운전수 차 서방은, "자동차를 못 태워드려서 오며 가며 고생하느라구 공부 성적이 떨어졌나 봐요." 하였으며, 매

지 누나도

"포고령 8호, 용돈 제한에 관한 조항 때문일 거예요. 사람은 수중에 돈이 없으문 매사에 기운이 없어지는 법이거든요?"

하고 자기는 지금 가장 기운이 없다는 듯한 표정을 지어 보였다. 이것은 앞으로 자기의 성적이 떨어질 때에도 책임은 용돈 제한에 있었다는 것을 구실로 삼기 위한 복선임이 분명하다.

그러나 다 맞지 않는다. 다만 마지막으로 의견을 말한 송지 누나의 주장만이 근사하다.

"아마 사춘기 탓일 거예요."

여기까지는 내 가슴이 다 뜨끔할만큼 맞아 들어갔으나 그 다음이 망발이었다.

"……난 수동이의 건강 관리를 잘못해 준 책임을 느껴. 그러니까 오늘 당장부터라두 영양 주사를 좀 맞자." 하고 나선 점이다. 지구상 온 인류는 주사를 맞기 위해 존재하는 줄 오인하고 있는 이 주사광(注射狂)은 모든 문제를 주사로 해결해 보려는 경향이 짙다. 아주 몹쓸 사상이다.

그래도 아무 반응이 없으니까 그는 다시 말을 이어,

"요새 수동이 얼굴에 여드름이 생기는 건 사춘기 탓이구, 노랗게 야위구 핼쑥해진 건 건강관리가 불충분한 탓이란 말이야."

공청회(公聽會) 91

하고 다시금 강조하였으나, 이번에도 누구 하나 동조자가 나서지 않았다.

재봉에서는 권위자라고 하는 어머니까지도 사람의 몸뚱이를 가지고 바느질하시는 취미는 없으신 모양이니까, 후딱하면 주사 바늘로 찌르려 드는 송지 누나의 말에 찬동하실 리 만무다.

나의 성적 문제에 대해서 유구무언인 것은 다만 가정교사 양 선생뿐이었다. 그는 끝으로 가느다란 소리로,

"모든 책임은 저에게 있습니다."

하고 이의없이 복죄(服罪)하였다.

이 때 에너지 선생이,

"음, 앞으로는 공부 시간마다 식당에 모여서 나의 감독아래 양 선생의 지도를 받두룩 해라."

하는 선언을 내리셨다. 정말로 못살 세상이 되어 간다. 이런 때 양 선생이 사나이답게,

"그건 안 됩니다. 가정교사는 저니까요."

하고 나서서 교권확립을 주장해 주었다면 얼마나 대견스러웠으랴마는 양 선생은 목을 움츠리고,

"네, 알겠습니다. 제가 책임을 지겠습니다."

하였으니 만사휴의(休矣)다.

냉정히 책임 소재를 따지고 본다면 양 선생이 책임질 문제가 아니다. 굳이 책임을 묻는다면 '서울 영 20X3'에 있다할

것이다. 그런 줄도 모르는 양 선생은 식사 때마다 공기로 둘씩 밖에 밥을 안 먹는다. 보통 때 같으면 세 공기를 먹고도 남남이어서 눈치를 살펴가며 다시 반공기 쯤을 더 퍼가던 그건만, 나의 성적이 떨어진 이후로는 근신하는 뜻에서 감식(減食)을 단행한 모양이다.

나는 이러한 양선생이 보기에 딱하고 민망하였다. 앞으로는 얼마 안되는 용돈이라도 절약을 해서 선생님께 찌게백반 한 그릇이라도 대접을 해야겠다고 결심해 본다.

한 동안 집안 식구들의 화제는 나의 성적 문제에 집중되었다. 마치 공청회에 붙인 셈이었다. 그러나 나에게는 마이동풍(馬耳東風), 역시 나의 관심사는 '서울 영 20X3'에만 있다.

동티

　식당에 모여서 합동 공부를 하라는 에너지 선생의 명령은 실질적으로 포고령 제9호에 해당된다. 그러나 이것은 결과적으로는 폐기 상태에 도달하고 말았다. 왜냐하면 에너지 선생은, 요사이 학생들의 공부를 옛날의 천자문(千字文)이나 논어, 맹자를 공부하는 것이나 마찬가지로 착각하신 모양인데 그렇지가 않고 각각 전공이나 지망에 따라 다른 줄을 모르신 모양이다.
　의학을 전공하는 송지 누나는 공부를 하려면 실험 기구와 동물들이 소용되는데 쥐라든가 마르모트, 토끼 따위를 식당에 가져올 수 없는 형편이고, 매지 누나만 하더라도 피아노가 지망이라 공부를 하려면 일일이 식당으로 피아노를 옮겨 와야겠는데 그것도 어려울 뿐 아니라, 에너지 선생은 피아노라면 질색이니 그것도 못할 일이다. 게다가 형 수길이는 미술가가 되기가 소원이니 미술 공부를 하려면 그림 도구가 거창한데, 그것도 식당으로 끌어온다는 것은 난공사(難工事)가 아닐 수 없다. 결국 나 혼자서만 식당에 와서 공부를 할 형편이거니와 혼자서라면 구태여 식당에까지 올 필요가 없어서 전에 하던 모양대로 우리 남매는 제각기 방에서 공부하기로 하고 에너지 선생이 순시, 감독하기로 낙착을 보았다.

에너지 선생이 제 아무리 박학다식(博學多識)하다 할지라도 의학에는 깜깜이니까 송지 누나의 공부에 대해서는 할 말이 없고, 음악에도 절벽인데다가 피아노 소리가 듣기 싫어서 솜으로 귓구멍을 틀어막고 다니니까 '체르니' 대신 양산도나 노랫가락을 연습한대도 아실 리가 만무하다. 그러나 형이 좋아하는 미술에 한해서만은 아는 체를 하시니 골칫거리다. 형이 데생을 하느라고 석고상을 그리거나, 맥주병·야채·칼 도마·생선류를 그릴라 치면 으레 나타나셔서 참견이다.

"서화(書畫) 중에서도 초상화 그리는 환쟁이는 가장 하치에 속한다. 그 밀가루 떡반죽같은 사람의 머리는 왜 자꾸 그리느냐?"

"이건 '데생'이에요."

할 양이면,

"데생이구 이쌍이구 간에 그런 건 시간 낭비다. 그리구 또 하나 일러둘 말이 있다."

"뭔데요, 선생님?"

"넌 취미가 저속해서 못 쓰겠다. 남자란 자고로 부엌하구 멀어야 해."

　에너지 선생은 당신이 술 훔쳐 자시러 갔다가 할멈에게 들켜서 욕보신 일은 엄비(嚴秘)에 붙여 두었기 때문에 이렇게 큰소리를 하신다.

"제가 언제 부엌하구 가까웠기에 그러세요?"

"가까웠어. 옛날엔 점잖은 남자는 한평생 부엌에 들어가 보지 않았어. 남자가 부엌살림을 …… 좁쌀영감이 돼서 못 쓴단 말이다."

"전 부엌에 들어가는 일이 없을 뿐더러 부엌살림을 잘 알지 못합니다."

"거짓말마라. 대관절 이게 뭐냐. 칼 도마에다 홍당무, 생선에다가 배추 부스러기……이런 걸 모아다 놓구서 그림이라구 그리는가 하면, 넝마주이처럼 빈 맥주병 등속을 주워다 놓구 진종일을 앉았으니 이게 그래 미술 공부냐?"

"미술 공부 아니문 뭐예요? 이건 정물사생이에요."

"이 녀석 잠자쿠 들어. 정물을 그리려거든 향로라든가, 연적(硯滴) 같은 고상한 걸 그려야지. 고작 이 유리병 아니문 유리잔이냐? 그림 공부를 하려거든 제대루 해라. 허다 못해 매란국죽(梅蘭菊竹)·사군자 등등의 화조(花鳥)를 그려서 정서를 함양한다든지, 산수화를 그려서 호연지기를 기를 것이지 어쩌자고 부엌 세간만을 즐겨서 그린단 말이냐. 넌 이담에 자라서 숙수쟁이(요리사)가 될 셈이냐? 망할

녀석."

 꾸지람에 곁들여서 욕까지 먹게 되니 할 말이 없다. 에너지 선생은 흥미를 잃은 듯 형의 방을 나와 버리곤 한다.

 이렇게 되니 제일로 희생이 되는 것은 나다. 나는 양 선생하고 수학이나 영어를 공부하느라고 진땀을 빼고 있으니 제일 만만하실 것이다. 들어오셔서는 나가시질 않는다. 양 선생도 에너지 선생만 나타나면 흥분해서 숨결마저 거칠어진다. 이러한 판국이니 내가 숙제를 양 선생에게 부탁한다는 것 따위는 엄두도 못낼 일이다. 양 선생으로서는 오래 붙잡고 가르치기보다는 얼른 숙제를 해 주고 나서 자기 공부를 하고 싶은 것이다. 그러나 언제 불쑥 에너지 선생이 들어올지 모르는 터라 열심히 가르치는 시늉만이라도 해야 한다.

 한번은 내가 졸라서 영화 스토리 이야기를 하는데, 에너지 선생이 들어오셨다.

 "양 선생."

 에너지 선생은 벌써 짐작이 갔던지 큰 눈을 더 크게 해 가지고 쏘아 보신다.

 "네."

 "지금 무슨 공부하는 시간인가?"

 "서양 예술에 대한 걸 설명하고 있었습니다."

 "학교 과목에 서양 예술이라는 게 들어 있나?"

 나는 양 선생의 처지가 난처해 보여서 대신 나섰다.

"네, 있습니다."
"뭐, 활동사진 이야기가 있어?"
"……"
"양 선생, 안정이 흐려. 날 똑똑이 쳐다 보라구."
"죄송합니다, 선생님."
"수동이는?"
"전 죄송할 거 없습니다. 영화두 공부니까요."
"내가 교편을 잡구 있을 때는 그런 학과목이 없더랬는데, 어느 사이에 그런 과목이 생겼누. 내 학교 당국에 조회해 볼 밖에."
 에너지 선생이 전화가 있는 응접실로 나가려 하는 것을 양선생이 꿇어 앉아서 말리었다.
"선생님 용서하십시요. 실상은 공부하다가 잠깐 쉬는 동안에 잡담 삼아 영화 이야기를 하구 있었습니다."
"뭣이? 공부 시간에 잡담을 하다니, 언어도단이야."
"쉬는 시간에……."
"쉬다니, 공부할 때는 일심불란(一心不亂) 공부에만 열중해야 하는 것이지 쉬다가 하고 하다가 쉬고, 그게 말이 되느냐 말이야."
"다시는 안 쉬겠습니다."
"물론이야. 다시 또 쉬문 어떡하게, 놀 때는 열심히 놀고 공부할 때는 열심히 하고 그래야 해, 알아듣겠나?"

"네."

"네……."

 이것으로 무죄 방면이 되었는가 했더니 그것이 아니었다. 선생은 다시 말을 이어서, "설령 잠시 틈이 났다고 하세. 학문은 덕이야, 덕스러운 말을 들려줄 것이지 활동사진 같은 음담패설을, 이건 말두 안 돼."

 나는 변명할 말이 있었으나 영화를 음담패설이라고 하는 분에게 무슨 말을 하겠는가, 그래서 잠자코 있으려니까 선생은 당신 말씀에 습복(慴伏)하는 줄 알고 더 한층 신이 나서,

 "정신일도 하사불성(精神一到何事不成)이라, 공부할 때에는 정신을 공부에만 집중해야 하는 거야. 활동사진 이야기 같은 것은 마음을 산란하게 하는 독약이란 말이야."

 영화를 독약이라고 하니 말 다 했지 뭔가. 나는 이 어색한 자리가 쉽게 수습되지 않을 것을 깨달았다. 그래서 비상수단을 생각해 냈다. 비상수단이란 다른 것이 아니다. 꾀병을 하는 일이었다. 꾀병을 할 바에는 교묘하게 해야 한다. 감쪽같이 속아 넘어갈 병명을 대려면 연구가 필요하다. 두통이 났다고 하려면 열이 있어야 하고, 배탈이라고 하려면 먹지를 말아야 하니 고통스럽다. 그 밖의 다른 병이라고 하는 날이면 송지 누나가 얼씨구나 하고 주사 바늘을 꼬나들고 나타날 것이매 그것도 어렵다. 겉으로 보아

서 아무렇지 않고 송지 누나의 치료도 모면할 그런 편리한 병은 없을까.

궁리한 끝에 나는 속으로만 무릎을 탁 쳤다.

"선생님."

"오냐."

"사람이 병을 앓을 때는 또 열심히 앓아야지요?"

"그건 열심히 앓는 것이 아니라, 다른 일 다 고만두고 얼른 낫두룩 열심히 치료를 받아야 하는 거야."

"선생님, 저는 지금 치통이 났습니다. 이빨이 막 쑤시는 걸 억지루 참구 공부를 하자니 여간 괴롭지가 않습니다."

"멀쩡하던 이빨이 왜 별안간 아파."

"갑자기 아파진 걸 어떡합니까?"

"그 이빨은 활동사진 이야기 들을 때는 안 아픈 거라더냐?"

"그때두 아픈 걸 참았지만 이젠 정말 못 견디겠어요. 아이 아파."

나는 죽는 시늉으로 오만상을 찡그리고 엄살을 하였다.

"어디 좀 보자, 아—해라, 어느 이빨이냐?"

"선생님은 보셔두 모르십니다."

"왜 몰라, 나두 치통 앓은 경험이 있어서 잘 안다. 소싯적에 더러 앓아봤지만 치통이란 참 괴로운 것이거든."

"그렇지요? 괴롭지요."

"괴롭구 말구, 자, 보자, 입을 벌려."

나는 하는 수 없이 입을 열었다. 에너지 선생의 굵다란 손가락이 내 입속으로 들어온다. 이걸 그저 이대로 깨물어 주었으면—하는 생각을 하고 있을 때,

"흠, 저 어금니지?"

"네."

"흠, 아프게 생겼어."

'아프긴 뭐가 아퍼.'

나는 이 번에도 속으로만 혀를 날름 내밀었다.

"공부는 고만하고 열심히 앓아라……. 아니 열심히 치료해라."

이리하여 나는 간신히 공부를 면했고, 그 다음부터는 필요할 적마다 치통을 내세웠다. 치통이란 참으로 편리한 병이라 생각하면서—. 에너지 선생은 우리 남매에게 무엇인가를 자꾸 가르치고 싶으신 눈치다. 운동선수가 운동을 쉬면 몸살이 나듯이 교사 노릇하던 이가 그것을 아니하면 광기(狂氣)가 생기나 보다.

한번은 에너지 선생이 이런 제안을 하셨다. 집안 식구들이 다 모인 아침식사 자리에서,

"에…… 오늘저녁부터 너희들에게 서도(書道)를 가르칠 테다."

이것도 청천벽력, 포고령 제10호라고나 할까.

"서도라니요? 습자(習字) 말예요?"

송지 누나가 한마디 하였다가 곧 핀잔을 들었다.

"습자가 뭐냐, 습자가. 서도지. 붓글씨 공부말이다."

"아이 그런 걸 누가 해요? 케케묵은 걸."

매지 누나도 반대한다. 나는 세상 물정이 어떻게 돌아가나 보기 위해서 잠자코 있었다.

"온고지신(溫故知新)이란 말이 있어. 옛날 것을 따수롭게 해서 새것을 안다.—이것이 학문의 근본이야. 그러니까 너희들, 오늘 저녁에는 식사 끝마치구 식당에 그냥 머물러들 있거라."

아버지가 무슨 생각에서인지,

"그것 참 좋겠습니다."

하였다가 봉변을 당하셨다.

"그럼, 자네두 배워 보겠나?"

"저, 저는 기권하겠습니다. 그 시간에 집에 있을 수도 없겠구."

어머니가 웃으시면서

"저두 찬성이에요. 우선 습자 시간만은 집안이 좀 조용할 거 아니겠어요?"

"습자가 아니래두, 서도지."

"네, 서도요."

어머니는 얼른 정정하셨다. 무엇이라고 주장을 하면 꼭 논

쟁으로 발전하게 마련이니 되도록이면 후퇴를 한다. 그러나 매지 누나는 사양이 없다.

"다른 거만 할래두 바빠 죽겠는데 그까짓 써먹을 데두 없는 붓글씨는 배워서 뭘 해요? 공연한 시간 낭비구 정력 소모지."

"모르는 소리, 일년에 한번 씩 입춘날 대문에 '입춘대길(立春大吉)'을 써 붙이더라두 소용이 되지."

에너지 선생은 고군분투하신다.

"그까짓 일 년에 한번 그걸 쓰자구 고생을 해요?"

"고생될 게 없어, 서도는 시작하문 재미가 나는 거야."

"그럼 재미나는 사람만 하라구 하세요. 게다가 난 문화주택에서 살 테니 입춘대길 같은 거 써 붙이지두 않아요. 멀리는 말구 우리 집만 보시더라두 양옥집 아니에요? 어디다가 입춘대길을 써 붙인대요? 잔등에? 호호호, 웃겨 죽겠네."

에너지 선생은 점점 더 형세가 불리해진다.

"입춘대길 뿐만이 아니야. 너희들이 졸업을 하구 어디에 취직을 한대 봐라. 이력서를 써야 하지 않니. 이력서는 붓글씨루 써야 해."

"왜 붓글씨루 써요? 타이핑을 해두 얼마든지에요."

"타이핑이라니 벌거벗고 물속에 뛰어드는 거 말이냐?"

"호호호, 그거야 '다이빙'이지요. '타이핑'이라는 건……."

"알았다! 더 설명할 거 없어, 이제야 생각이 났단 말이야.

동티 103

타이핑이라 하는 것은 넥타이에 꽂는 바늘 아닌가. 그렇지? 그렇다구 하면 바늘 끝으로다가 이력서를 어떻게 쓰누? 복사지에 대구 쓰나?"

"호호호, 선생님 그것두 아니에요. '타이핑'은요, '타이프라이터'루 찍는단 말에요."

"뭐? 그게 무슨 소리야?"

"아이 통하지두 않네요. 모르겠어요."

"이력서는 그까짓 거 아무렀대두 좋아. 서도는 글씨 공부뿐이 아니라 정신수양에 그 목적이 있어. 정신 통일하는 데에는 서도 이상 가는 게 없는 법이야. 알았거든 '문방사우'를 마련해 가지구 저녁 시간에 식당으루 모여."

'타이핑'이니 '타이프라이터'니 하는 알지 못할 말에 기가 질린 에너지 선생은 우리 남매가 알지 못할 한문 말을 가지고 응수하시나 보다.

아니나 다를까 송지 누나가,

"문방사우가 뭔데요?" 하고 묻자 선생은 신이 나시는지

"문방사우(文房四友)두 몰라? 즉 지필묵연(紙筆墨硯)을 말하는 것이야."

"지필묵연? 그건 또 뭐죠?"

매지 누나가 이렇게 묻자, 더욱 더 신이 나는 모양이다.

"어…… 요새 애들은 무식해서 탈이거든. 지필묵연은 종이·붓·먹·벼루를 말하는 거야. 그것들을 각기 사가지구 오너라.

오늘 저녁부터 시작하는 거다."

 이쯤 되면 선생의 고집을 꺾을 자는 없다. 체면을 손상 받았으니 기어코 하고야 마실 것이다. 아버지도,

 "그래 그래. 그 돈은 내가 따루 줄 것이니까 도구를 장만해 가지구 시작들 해라. 좋은 기회다."

 무엇을 어떻게 하는 데에 좋은 기회라는 것인지 알아보지 못한 채, 양 선생까지 포함한 우리 네 남매는 그날 저녁 식당 큰 탁자에 둘러앉았다.

 "먼저 붓에다 진하게 간 먹물을 알맞게 찍어 가지구 힘주어서 잡으란 말이다."

 나는 손가락 사이가 아프도록 붓을 꽉 잡았다.

 "다음은 영자팔법(永字八法)인데, 길 영(永)자부터 시작하는 거야. 먼저 꼭대기에 찍는 점부터 시작한다."

 이리하여 시작한 서도 공부가 며칠이 지났을 때다. 웃통을 벗어젖힌 에너지 선생이 한창 지도에 열중하고 계실 때에 난데없이 식당으로 할멈이 불쑥 들어왔다.

 "이거 봐요, 영감."

 "나, 원 이런, 나보구 영감이라니."

 "영감이 아니문 그럼 소년이요? 할 말이 좀 있어서 왔소이다."

 "할 말이 무슨 말…… 할 게 있거든 빨리 하소."

 "하잖구요."

"쉿, 조용 조용히. 아이들이 공부를 하는데 방해가 돼. 우리 그럼 나가서 얘기합시다."

"아니야요. 여기서 해야 합니다. 보는데서 말이우."

"보는데서 라니?"

"아 이거 좀 봐요. 식탁에다가 이렇게 먹칠을 해서 그릇마다 오동 주발이 되었단 말이요. 또 이 식탁 보재기 좀 보슈. 애개개 이 먹칠."

"그래두 하는 수 없지. 공부를 하는 거니까."

"공부면 공부방에서 하는 거지 식당에서 왜 합니까?"

"한 자리에 다 모일만한 장소가 없어서 그러는 거 아니요?"

"안돼요, 여기는 음식을 먹는 방이지 먹방아 찧으래는 방이 아니요."

우리는 본체도 않고 글씨 공부에만 열중하는 시늉을 하면서도 귀와 관심은 에너지 선생과 할멈의 대결에로만 집중되었다.

"어, 괘씸한."

에너지 선생이 눈만 크게 뜬 채 낮은 소리로 중얼거렸을 때 할멈이 항의를 한다.

"지금 뭐라구 했소?"

"나? 나 아무 말두 한 거 없어."

"금방 무어라구 중얼거리지 않았소?"

"뭐? 말 조심해. 중얼거린 게 뭐야, 중얼거린 게."

"그럼 씨부렁거렸소?"

"갈수록 더하는군."

"어쨌든 여기서 먹 장난하는 건 걷어 치우슈."

"먹 장난?"

"그렇잖구요. 공부방에선 영감이 왕초인지 몰라두 부엌하구 식당에선 내가 왕초요."

"세도 있어서 좋겠다."

"좋지 않구."

할멈의 입에서는 벌써 발악조가 나온다. 나는 듣다못해 에너지 선생의 체면도 생각해서,

"할멈, 그릴 거 없어, 글씨 공부 끝나문 내가 나중에 말끔히 소제를 하문 될 거 아니야?"

하고 할멈을 째려 주었더니, 할멈은 황송해서

"에그, 데련님은 착두 하시지. 늙은이 소견이 어린 데련님만두 못하니 세상은 말세요."

이런 소리를 하며 할멈은 나가 버렸다. 난 좋은 일을 한 것 같아서 유쾌하였으나 에너지 선생은 매우 불쾌한 모양이었다.

요사이 나는 이빨이 아프기 시작하였다. 전에는 공부가 하기 싫으면 거짓말로 꾀병을 하였지만 정말로 아픈 데에는

견딜 장사가 없다.

'거짓말로 에너지 선생을 속인 동티인가.'

어머니는 그런 줄도 모르시고,

"수동이가 이빨을 앓은 지가 벌써 오래됐는데, 더 그냥 둘 수 없지. 나하구 치과에 가보자."

하신다.

'오래 되지는 않았어요.'

하고 싶으나 그렇게 말하면 전에 아프다던 말이 거짓말이 되니까 그럴 수도 없고…….

나는 정말 이럴 수도 없고 저러지도 못할 난처한 입장에 처했다. 그야 병원에 가서 치료를 받으면 그만이 아니겠느냐고 하겠지만, 원래 병원에 가기를 좋아하지 않을 뿐더러 그 중에서도 치과 병원은 더 그랬다.

그러나 이제는 안 갈 수가 없다. 죽을 것처럼 아픈 데야 어찌 하랴. 그래서 하루는 어머니를 따라 단골 치과에 갔더니 의사 선생님 말이, '염증이 나을 때까지 치료를 한 후에 뽑아버려야겠다'고 하시지 않는가.

나는 모골이 송연하였다. 전에 이빨을 뽑아본 경험이 있지만 지금 생각해도 소름이 쪽쪽 끼친다. 잇몸에 주사를 놓고 집게로 마구…….

'아, 무섭다.'

팔에 맞는 주사도 무서운데 잇몸에다가 주사를 놓다

니…….

그래서 나는 치과에 다니면서 치료만 받고 내일 뽑자고 하는 날부터 도망을 다녔다. 나중에는 하느님이 다 원망스러웠다.

'이빨은 왜 만들어 가지고 남을 이렇게 괴롭히는지…….'

죽어도 좋아

일요일 아침이다. 우리 집 식구들은 식사를 하기 위해 한자리에 모여 앉았다. 이 시간을 기하여 가족들은 일제히 자기가 원하는 음식을 먹게 마련이다. 우리 집에서는 일요일 아침 식사 시간을 '영양 섭취 타임'이라고 불러온 지가 이미 오래다. 즉 토요일 아침까지 각자가 먹기를 원하는 음식을 어머니께 신청해 두면 일요일 아침 식사 때에는 그 음식이 나오는 것이다. 그런데 이 주문이 너무 까다로우면 어머니는 그것을 구하시기에 여간 애를 쓰시는 게 아니다. 형 수길이는 장난삼아서,

"어머니, 난 당나귀 하품을 구해다 주세요."

하는 따위의 농담도 잘 하지만, 아버지는 가끔 정색을 하시고 진짜로 야릇한 것을 구해 오라고 하시니 큰일이다. 눈이 펄펄 내리는 엄동설한인데도,

"어, 난 수박이 먹구 싶어."

하신다든지 무더운 여름날인데도,

"연시(軟柿) 감을 구해 와."

하고는 입맛을 다신다.

에너지 선생도 주문을 하시지만 이 어른의 요구는 언제나 마찬가지니까 애쓸 필요가 없다.

"위스키, 난 양주 한 병이문 돼."

하시고는 시치미를 떼신다.

남들이 거룩한 날이라고 아침부터 예배당에 가서 경건하게 지내는 주일날인데, 에너지 선생은 독한 술에 대취해서 아침부터 비틀거리는 날로 정하신 모양이다.

나는 일요일 아침에 통닭 한 마리 먹는 것이 관례로 되어 있다. 하기야 닭도 닭 나름이지만 내가 일요일마다 먹는 것은 명색만이 닭이지, 실상은 조그마한 병아리이다.

"애걔, 요게 뭐야? 닭을 달랬지, 누가 참새를 달랬나?"

하리만치 작은 것이다.

어떻든 나는 오늘도 닭 한 마리를 먹을 기대로 아침 식탁에 앉았다. 따로 주문을 하지 않더라도 내 몫으로는 으레 닭이 나오기 마련인데, 그런데 오늘 아침은 웬일이냐, 닭 대신에 불어터진 밥알이 동동 뜬 멀건 죽 한 사발이 놓여 있지 아니한가. 나는 분통이 터졌다. 형이나 누나들 앞에는 먹음직스러운 가리찜 아니면 생선 조림 따위가 탐스럽게 수북수북 쌓여 있는데, 나 혼자만 이것이 무슨 꼴이냐 말이다.

"어머니, 내 닭 어쨌소?"

나는 참다못해 항의를 하였다.

"내 닭? 네 닭이 어디 있니?"

"나 먹을 닭 말이야."

"아, 그거? 그건 안 된다. 넌 이빨이 아파서 닭고기를 먹으면 안돼."

"이빨 다 나았단 말이야."

"나은 게 다 뭐냐. 치과 선생님 말씀이 뽑아야 한다구 그러시지 않든?"

"안 뽑아두 나 닭고기 먹을 수 있어요."

"못 쓴대두, 기름끼 있는 걸 먹으문 염증이 재발되기 쉽구, 또 소화장애를 일으키기두 첩경이란 말이다. 허니까 오늘은 죽 한 그릇으루 참아라."

나는 무어라고 할 말이 없었다. 아버지와 에너지 선생은 불고기 틀에다가 고기를 얹고 연신 냄새를 피우며 지글지글 구우면서 소주병을 기울이고 계시다. 심지어 발바리 '히메'까지도 갈비 뼉다귀를 뜯고 있는데 나 혼자만 식물성, 그마저도 경드렁한 죽사발을 훌쩍거리고 있어야 하다니, 그런대로 가만하나 있으면 또 좋겠다. 저마다 한마디씩,

"아, 맛있다."

"이 고기 참 연한데."

"이거 먹어 봐."

"음, 먹어볼게."

하고들 법석인데 나에게만은 먹어 보란 말도, 먹어 보잔

말도 없이 저희끼리만 야단이다. 내 설사 개구멍받이라 할지라도 대접이 이럴 수는 없을 터인데, 이것은 아예 나의 존재를 무시해 버리는 태도들이 아니겠는가. 나는 그냥 죽사발을 뒤집어엎고 밖으로 나오고 싶었으나 그랬다가는 죽도 못 먹은 몸이 욕을 먹기가 알맞겠기에 억지로 참고 앉아 형편을 살피고 있노라니까 송지 누나가 먼저,

"이빨만 뽑으문 뭐든지 먹을 수 있을텐데."

하고 혼잣말처럼 씨부렁거린다. 송지 누나는 늘 이런 점이 언짢다. 사랑하는 동생보다도 의사의 편을 더 드는 못쓸 습관이 있는 것이다. 혼잣말이라 대꾸할 필요를 느끼지 않아서 잠자코 있으려니까, 이번에는 형 수길이가 갈비를 뜯으면서 '짭짭'하는 요란한 소리를 낸다.

음식을 먹을 때는 입에서 소리가 안 나게 조용히 먹는 것이 에티켓이건만 형은 평소부터 '짭짭' 소리를 내는 나쁜 버릇이 있는데, 오늘은 그 소리가 더욱 유난스럽다. 나도 같이 소리를 내어서 응수해 주고 싶었으나 죽을 먹으면서는 그런 소리를 내려 해도 나지가 않으니 탈이다. 억지로 낸다면 고작 '후루룩' 소리나 날는지 원.

내가 대꾸를 않으니까 식구들도 더 말을 않는다. 다들 먹기에만 열심이고 에너지 선생은 마시는 데 열중하신다. 안경이 콧등으로 흘러내리고 안경 너머로 넘겨다보는 커다란 눈이 게슴하게 풀린 것으로 보아 벌써 약주가 어지간히 취하

죽어도 좋아 113

신 모양이다.

'서치 라이트'처럼 훑어보던 에너지 선생의 시선이 나에게 딱 멈추어졌다.

"수동아!"

굉장히 큰 소리다. 나는 이내 두 손으로 죽사발을 가렸다. 왜 그랬는가 하면, 에너지 선생이 큰소리를 낼 때면 으레 침방울이 우박 쏟아지듯 날아오게 마련이기 때문이다. 재채기를 하실 때면 침방울이 문제가 아니었다. 틀니[義齒]가 송두리째 날아오는 일도 있으니, 그럴 때는 얼른 몸을 피하거나 손으로 막지 않았다가는 안면에 타박상(打撲傷)을 입기도 쉽다. 이런 점에서 볼 때 에너지 선생의 입은 위험천만이다.

"에헴."

이번에 나는 죽사발을 덮었던 손으로 얼굴을 가렸다. 야구 '캐처'의 '마스크' 모양 손가락으로 얼거리를 한 사이로 내다보았더니 선생의 눈이 더 크게 떠지면서 틀니가 부르릉 떨린다. 마치 '로켓트' 발사 직전의 형국이다. 저렇듯 자리를 잡지 못하고 덜그럭거리는 틀니를 가지고도 누룽지를 아작 아작 씹고 갈비를 하얗게 벗겨 먹는 것을 보면 모든 폐물도 이용하기에 달렸다는 생각이 든다.

"수동아, 그까짓 이빨 한 대 뽑는 게 뭐가 그리 무서워서 이 천대와 구박을 받구 있니? 난 차마 볼 수가 없어서 그런다."

"무서워서가 아니라 싫어서 그래요."

"마찬가지지, 무서운 거나 싫은 거나."

"어째서 마찬가지예요? 싫은 건 싫은 거고 무서운 건 무서운 거죠. ……난 그 의사 보기만 해두…… 에이."

"알았다. 의사가 싫다는 말이구나. 그럼 내가 뽑아 주지."

"네? 주사두 안 놓구요?"

"주사는 왜 놔, 너 주사 맞기가 싫다며?"

"주사는 싫지만 마취는 해야 하지 않아요?"

"마취가 무슨 마취냐? 그냥 우직우직 뽑아 내지."

에너지 선생은 젓가락 두 개를 모아서 한 손에 잡고, 마치 노루 장도리로 나사못 뽑아내듯 '제스처'를 해가며 기운을 쓰신다.

나는 생각만 하여도 모골이 송연하였다. 이때 아버지가 나서셨다.

"그러니까 수동아, 병원에 가서 마취 주사 놓구 뽑는 편이 훨씬 간단하다."

그러나 에너지 선생은 다시 손을 가로저으면서,

"그럴 거 없어, 수동이가 그렇게 싫어하는 치과의사한테 억지루 보낼 거 없대두. 내게 잠깐만 맡겨두문 감쪽같이 뽑아내지. 나 이빨 뽑는 데는 선수라네, 시험삼아 내 모범을 한번 보여 줄테니 참고삼아 한 번씩 봐 두라구."

하면서 문제의 틀니를 쑥 뽑아내었다.

"자 어때, 내 솜씨가."

에너지 선생은 무슨 요술이라도 부렸다는 듯이 자랑스럽게 좌중을 둘러 본다. 나는 어이가 없어서,

"그것두 뽑은 폭에 들어요? 집어 낸 거지."

"무슨 소리, 내가 어릴 때부터 이빨이 없는 게 아니었어, 젊은 때는 물론 있었던 걸 다 뽑아 내구 틀니를 했단 말이야."

틀니를 뽑아 들고 앉아서 연설을 하시니까, 이번엔 침방울이 문제 아니라 고기 부스러기가 사정없이 마구 튀어 나온다. 불결하기 짝이 없다. 송지 누나가 기겁을 하고 얼굴을 찡그리며 돌아앉았다.

"왜 그러니?"

"음식 맛 떨어져요, 도루 담으세요."

담으라는 걸 보면 쓰레기 취급이다. 선생은 서서히 틀니를 다시 제자리에 끼우고 나서,

"너희들 듣거라, 특히 수동이는 잘 들어 둬."

하고 웅변할 채비를 차리신다.

"아마 고군은 알구 있을 께야, 난 이 많은 이빨을 뽑을 적에 한번두 마취주사를 놔 본 일이 없어."

"그럼 그냥 뽑으셨어요?"

송지 누나가 의학도답게 지대한 관심을 표명하였다.

"물론이지."

"아프지 않으셨어요?"

"처음에는 몹시 아프더군. 그런데 내가 아랫 단전(丹田)에 힘을 주고 이를 악물면서 '앗' 하고 기운을 쓰니까 그 다음부터는 하나두 아프지가 않더라. 요컨대 뱃심이지. 정신력이 승리를 거둔 거야."

"그럴 리가 없을 텐데요."

송지 누나는 매우 의아하다는 듯이 고개를 갸우뚱거린다.

"없는 게 뭐냐. 체험자가 직접 말하는 건데, 송지는 나를 믿지 못하니?"

"선생님은 믿지만 사람의 생리를 믿지 않는 거예요."

"사람의 정신력은 현대 과학을 가지구두 설명을 못하는 거다. 이보다두 더 희한한 말 들어 보련?"

"뭔데요?"

"이빨을 뽑기에 앞서서 난 맹장염 수술을 받았다. 그때두 마취 같은 건 하지 않았단 말이다. 고군은 잘 알지?"

에너지 선생은 증인으로 꼭 아버지를 끌어넣는다.

"네, 압니다."

"그것 보라니까. 너희 아버지 말두 안 믿니? 난 맹장 수술을 받으면서두 태연스럽게 잠을 잤어. 한잠 자구 일어나니까 수술이 끝났지 뭐냐. 정신력이란 이런 것이야."

"마취를 안 하구 말씀이세요?"

"여부가 없지. 마취를 했다면야 자랑될 것두 없게? 그때

죽어도 좋아 117

는 고군이 입회했으니까 누구보다두 잘 알거야. 나는 그랬는데두 불구하고 수동이는 마춰를 하구서 이빨 한대를 뽑자는데두 저렇게 벌벌 떠니, 요새 젊은 애들의 정신력은 말씀이 아니거든. 에헴, 그런 의미에서 이 술 한잔……."

하시며 양주를 유리 컵에 반쯤을 손수 따라서 단숨에 들이키는 에너지 선생이었다. 송지 누나는 음식을 먹던 것도 잊어버린 양 골똘히 궁리에 잠기고 아버지는 실실 웃고만 계신다.

"왜 웃나? 고군."

"선생님, 이제는 실토를 해두 괜찮겠지요?"

"그거 무슨 소리야?"

"선생님을 속였어두 이젠 20년두 더 지났으니까 시효(時效)가 넘어서 벌을 안 받아두 될 것이란 뜻입니다."

"날 속인 일이 있나?"

"있습니다."

"말해 보게. 경우에 따라서는 소급(遡及)처벌두 가능한 것이니까."

"그렇대문 여쭙지 않겠습니다."

"그건 더 나빠. 이실직고하구 나서 석고대죄(席藁待罪)하는 것이 옳지."

"역시 고만두겠습니다."

"하! 그렇게 하문 죄가 더 무거워져. 내 아무 말두 않지."

"정녕이십니까?"

"물론이야. 장부일언 중천금(丈夫一言重千金)이야."

약주만 취하면 문자를 쓰는 에너지 선생 입에서 한자 술어가 쏟아져 나온다.

"그러시대문 말씀을 드리지요. 선생님이 맹장 수술을 하실 때 실상은 전신 마취를 했더랬습니다."

"뭣이?"

"역정을 안 내신다는 약속이 아니십니까?"

"허지만 이걸 듣구야 사람이 화가 나서 견딜 수가 있나."

"선생님께는 마취를 안 한다구 하구서 정말은 했던 거지요."

"글쎄, 어쩐지 하나두 아프지가 않았어. 이빨을 뽑을 때가 더 아팠거든. 내 그래서, 이빨이란 맹장보다두 더 아프다구 생각했었지."

"이를 뽑으실 때두 마취 주사를 놓았습니다."

"그럴 리가 있나, 아프던데."

"처음에는 치과 의사가 선생님 고집을……아, 아니 말씀을 그대루 받아들여서 정말루 마취를 하지 않구서 고지식하게 그냥 뽑으러 들었습니다."

"호! 아픈 게 그때였구면"

"네. 그때 제가 의사하구 필담(筆談)을 했습니다. 주사를 놓으라구."

죽어도 좋아

"흠, 자네 고약한 걸."

"호호호."

"하하하……."

온 식구들은 모두 웃었다. 그런 중에도 송지 누나는 가장 통쾌한 모양이다.

"그러구 보문 정신력두 아무 것두 아니잖아요? 아랫 단전에 힘을 주구 '얏' 할 것두 없지 않았다구요. 그런 걸 허장성세라고 하지요."

그러나 에너지 선생은 지고 있지 않았다.

"말이 되나? 그때 나는 마취를 하지 않아두 아프지 않았을 거야. 어떻든 고군은 거짓말쟁이야."

"죄송합니다."

아버지가 곧 사과를 하시는 것이 내 맘에 들지 않았다. 그래서 아버지대신 내가 반격에 나섰다.

"아버지는 20년두 더 전에 선생님을 속였다지만, 선생님은 지금 당장 거짓말을 해서 우릴 속이려구 하셨지요."

"뭐? 내가 언제 거짓말을 했단 말이냐!"

"그럼 안하셨어요? 아까 뭐라구 하셨죠? 치과에 가서 이를 뽑을 적에 이를 악물고 기운을 쓰니까 안 아프더라구 하시잖았어요?"

"했다. 그런데 그게 어쨌단 말이냐?"

"이를 뽑을 때 이를 악물문 어떻게 뽑습니까?"

"마음으루만 이를 악문 거야."
"마음에두 이빨이 있습니까?"
"하하하."
"호호호."

또 한바탕 웃음판이 벌어졌다. 그러나 나는 웃지 않았다. 죽을 먹은 몸이 무슨 흥이 나서 웃겠는가?

나는 얼른 자리에서 일어나 마당으로 나왔다. 나오면서 생각해도 일은 컸다. 온 식구들이 서로 짜고서 내 이빨을 뽑게 하려고 들지 않는가. 그러나 한편 생각해 보면, 이를 뽑고 반짝반짝하는 금니를 해 넣는 것도 매력이 있으리라고 여겨진다. 웃을 때마다 반짝하고 드러나 보이는 금니. 고것을 보면 서울 영 20X3의 여차장이 무어라 할까. 단박에 내가 좋아질지도 모르는 일이다.

그 생각을 하면 이빨 아니라 턱을 잡아 뽑는대도 견딜 수 있을 것만 같았다.

'오냐, 뽑자. 사나이 대장부가 뭘 그까짓 거…… 팔다리를 끊어내고 사는 사람도 있지 아니하냐. 이빨 하나쯤……'

이렇게 생각하니 마음이 한결 가벼웠다.

'오늘 뽑고 오후에는 닭다리를 하나 먹으리라.'

하는 마음으로 들을 거닐어 보았다.

무심코 주차장 쪽으로 걸음을 옮겨 가는데 안에서 소리가 난다. 치과에 가고 오는 것만은 집의 차를 탈 생각이 나

서,
"차 서방 아저씨."
하고 불렀더니,
"아, 데련님이군요."
하며 차서방이 나오는데, 자동차를 수리하고 있었는지 기름칠한 작업복 차림의 차 서방 손에는 커다란 집게가 들려져 있었다.
"으악!"
나는 본의 아니게 소리를 치며 뒤로 물러섰다.
"데련님, 왜, 왜 그러십니까?"
"그 집, 집게."
"이 집게가 어쨌다는 겁니까?"
"그, 그걸루, 내 이 이빨을 뽑으려구."
"네? 하하하…… 이건 자동차 타이어를 뽑는 집겝니다."
그 말을 듣고야 나는 비로소 마음을 놓았다.
"차 서방, 나 병원에까지 데려다 줄래?"
"그, 그러십죠. 칫과에 가시겝쇼?"
"응."
"잘 생각하셨습니다. 그럼 얼른 모시구 갑죠."
나는 혼자서 가기로 작정하였다.
'죽어도 좋아!'
이렇게 독한 마음을 먹으니까 이빨 하나 뽑는 것쯤 그리

겁나지가 않는다. 이것이 바로 에너지 선생이 지적한 정신력이라는 것일까.

병원으로 향하는 차 안에서도 나는 몇 번이고 '죽어도 좋아!'를 되풀이하였다. 어쨌거나 나는 당당히 혼자서 이를 뽑고 돌아왔다.

온 식구들의 칭찬이 자자하였으나 나는 조금도 기쁘지 않았다. 이빨이 쑥 빠진 보기 싫은 입, 그것이 어쩐지 자꾸만 마음에 걸려서였다. 그래도 나는 저녁 식사때 닭다리를 먹을 수가 있었으니, 이것만으로도 얼마나 다행하냐.

이튿날 아침, 학교에 갈때 쯤해서는 어제 뽑은 이가 아무렇지도 않았다. 상처가 다 아문 모양인가. 다만 있던 자리에 이빨이 없으니까 보기가 싫은 것은 어쩔 수 없는 일이다. 친구들에게도 이 꼴이 보이기가 싫어서 학교를 마치고 집으로 돌아올 때는 일부러 버스를 피하고 합승을 기다렸다. 그런데 효자동 방면으로 가는 차가 좀처럼 오지 않으므로 멍청히 선 채 기다리고 있는데, 바로 눈 앞에 합승 한대가 와서 정거한다. 무심코 본 내 눈이 휘둥그레졌다.

"앗!"

서울 영 20X3이 아닌가.

"효자동 갑니다! 효자동 가요."

여차장의 음성이 꿈속에서 듣는 것처럼 아련하다. 고개를 들고 차장의 얼굴을 본 나는 고만 머릿속이 아찔하였다.

'그 애다.'

나는 가슴이 뭉클하였다.

'아! 내가 너를 찾아 얼마나 헤매었던가.'

어물어물 하는 사이에 차가 떠나려는 것을,

"가만가만, 나 타요."

하면서 간신히 올라탔다. 달리는 차 안에 선 채 흔들리면서 중심을 잡느라고 자주 변하는 차장의 표정을 보면 볼수록 예쁘고 아름답다. 그 사이 여러 달 못 본 사이에 차장은 한결 더 예뻐진 것 같았다. 나는 야속하였다.

'이 애가 이렇게 예쁜 얼굴로 내 앞에 불쑥 나타났을 때 내 꼴은 이게 무어란 말인가, 만나려거든 어제나 그저께에 만나지 못하고 하필이면 이를 뽑아 오무래미처럼 된 오늘

만날게 뭐람.'

 하지만 안 만난 것보다야 얼마나 다행하냐, 하마터면 영영 못 만났을지도 모르던 일이 아닌가. 실상 이를 뽑았기에 합승을 탈 생각이 났고, 합승을 탔으니까 이렇게 만나게 된 일을 생각하면 이를 뽑은 것이 얼마나 대견스러운지 모른다.

 나는 우리 집이 있는 앞에서 일부러 내리지 않았다. 종점이 가까워진다.

 "요금을 미리 받겠습니다."

 차장이 손님에게서 10원씩 받아 모은다. 나도 10원을 내면서 차장의 손끝을 조금 두드려 보았다. 부드럽다, 다시 보니 끝이 뾰쪽뾰쪽한 손이 희고도 아름답다.

 '하루 종일 합승 문을 여닫는 과격한 노동을 하는 손인데 어쩌면 이다지도……'

 나는 종점에서 내리지 않고 그냥 눌러 앉았다. 차는 효자동을 돌아서 다시 큰 거리로 나간다. 탔던 손님이 내리고 새 손님이 타고…… 귀여운 여차장은 잠시도 쉴 사이가 없이 또 일을 시작하였다.

 "내리실 분 안 계십니까, 오라잇."

 효자동에서 뚝섬까지라면 그리 가깝지 않은 거리다. 시간으로 따져도 적잖은 시간인데 차장은 한결같이 명랑하기만 하다. 그러나 내가 뚝섬에서도 내리지 않고 다시 합승에 앉은 채 시내로 들어왔을 때, 차장은 비로소 나의 존재를 인식한 모양이었다.

"왜 내리지 않아요?"

나는 가슴이 뜨끔 했으나 얼른 둘러대었다.

"난 합승 타고 드라이브하는 취미가 있으니까요."

그런데 제대로 말이 잘 되었는지 알 수 없다. 행여 빠진 잇자국이 보일까 봐서 입을 다물고 속에서만 옹알옹알 했으니까 말이다. 그러나 여차장은 내 말을 알아들었는지 옴팡 패이는 볼우물을 지으면서 상긋 웃어 준다.

'설마 내 이빨 빠진 게 우스워서 웃은 건 아닐 테지.'

이런 생각을 하며 효자동까지 왔다.

'어째서 시간이 이렇게 빠를까.'

뚝섬에서 효자동까지를 삼시간에 달리는 것 같았다. 차멀미가 한 번도 나지 않으니 별일이 아닌가.

나는 10원 짜리 한 장을 내주고 다시금 뚝섬으로 향하였다. 교통사고가 발생해도 좋을 것 같았다. 이 차장하고라면.

'죽어도 좋아.'

하는 소리를 입 속에서 되새겨 보았다. 이 기회에 실컷 보아 두어야지 이번에 또 놓쳤다가는 몇 달 뒤, 몇 해 뒤에나 다시 만나게 될는지 알 수가 없지 않는가. 그런데 서운한 일은 뚝섬에서 그 차장이 다른 차장하고 교대를 하는 것이었다.

'어디 몸이라도 편찮은가, 아니면 이렇게 교대도 하는 법인가.'

이런 생각을 해 보면서 나는 기운을 잃었다. 그 차장이 없는 차를 타고 효자동까지 갈 일을 생각하면 어기차고 어마어마하고 까마득하다. 멀미가 날 것 같고 몸살을 앓을 것 같았다. 그런데 이게 웬 복이냐. 문제의 여차장이 이번에는 손님 자격으로 다시 타더니 내 옆자리에 앉는 것이 아닌가. 나는 몸이 굳어진 것처럼 쪼그리고 가만히 앉아 있는데, 왕십리에 오더니 그 처녀가 내려버린다. 나도 정신없이 따라 내려 허수아비처럼 휘청휘청 그 처녀의 뒤를 밟았다. 학생의 신분으로 남의 처녀를 미행한다는 것이 떳떳치 못한 일인 줄 뻔히 알면서도, 그렇게 안하고는 못배기는 나의 마음을 나도 알 수가 없다. 처녀도 내가 뒤를 따르는 줄을 안 모양이다. 한참 걷다가는 뒤를 돌아다보고는 적의에 찬 눈초리로 쏘아 보곤 한다. 그러다가 낡아빠진 판자문을 열고 초라한 집으로 쑥 들어간다.

'흠, 저 집에 사는구나.'

나는 흐뭇하였다. 우선 주소만이라도 알아둘 필요가 있어서 가까이 다가서다보니 이때까지는 몰랐는데 그 집 문 앞에 자가용 지프차 한 대가 서 있는 것이다. 어디서 많이 본 듯한 낯익은 차다.

"어?"

 낯이 익을 것이 당연하다. 그때야 자세히 보니 아버지의 자가용이다.

 '음? 이게 어째서 여기에 와 있담.'

 나는 문을 열고 차에 올라앉았다. 바로 이때였다. 판잣문이 열리며,

 "어느 자식이야? 너를 따라왔다는 불량 학생이."

 하는 남자의 굵다란 음성과 함께 행길로 나온 것은 바로 아까 그 여차장이다. 동시에 욕설을 퍼붓는 굵다란 음성의 주인공은 바로 차 서방이었다.

 "아버지, 바루 저 학생이야, 아버지 차를 타구 있는."

 "뭣이?"

 차 서방이 차의 문을 열다가 눈을 크게 뜨며 굽씬한다.

 "아, 이게 웬일이십니까, 데련님이 이런 델……."

 처녀는 어찌된 영문을 몰라 눈을 동그랗게 떴다.

 "이년아, 인사여쭤, 우리 댁 데련님이다."

 차 서방이 처녀의 단발머리를 주먹으로 누르듯이 한다.

 "차 서방 집이 여기였군."

 "네, 벌레같은 인생이 이런 데두 과분합죠. 그나저나 사람이란 나쁜 짓은 못하겠군요."

 나는 또 한번 가슴이 철렁하였다.

 "그게 무슨 소리야?"

"내가 잠깐 틈을 타서 차를 몰구 집에 온걸 이렇게 데련님에게 들켜버리구 말았으니깝쇼."

"하하하."

"자, 가시죠, 모시구 갑죠."

차 서방은 허겁지겁 차에 뛰어 올라 핸들을 잡는다. 나는 처녀가 서 있는 쪽을 돌아다보고 싶었으나 체면상 그럴 수도 없고, 또 이빨 빠진 것을 보이기도 싫어서 그냥 안을 향한 채 점잖게 앉아 있었다.

집에 올 때까지 나는 아무 말도 하지 않았다. 세상은 넓은 것 같으면서도 정말 좁다. 이래서 살아가는 재미가 있는 것이 아닐까.

'죽어도 좋아.'

나는 또 한번 입 속으로 가만히 이 말을 뇌까려 보았다.

왜 그런지 나도 몰라

방에 들어와서 가만히 앉았느라니까 자꾸만 거울이 보고 싶어진다. 그 이유로는 두 가지를 들 수가 있다. 하나는 그 처녀에게 준 인상이 얼마나 언짢았나를 알아보고 싶고, 또 하나는 얼마나 좋았을까를 따져 보고 싶은 것이다. 그러나 내가 얼른 거울을 끌어당기지 못한 데에는 무엇인가 마음속에 불안한 것이 있기 때문이다.

'아마 좋은 인상은 안 주었을거야.'

불안의 까닭은 바로 이것이었다. 자신이 없으니까 거울보기가 겁이 났지만 나는 용기를 내어서 거울을 끌어 당겼다. 그러고는 들여다보면서 먼저 좋은 쪽으로 생각을 모았다.

'흠, 이만하면 잘 생겼지 뭐야.'

혀끝으로 입술에 침을 바르고서 곱게 웃어 보았다.

'괜찮다.'

다음은 눈을 부릅뜨고 째려보는 시늉으로 인상을 써 보았다.

'이것도 좋다.'

 마치 역사극에 많이 나오는 주연 배우 같았다. 위로 보고, 아래로 보고, 옆으로 보고, 모로 보고…… 다 쓸 만하다. 이대로 평균하게 자라서 어른이 된다면 어김없이 미남자의 얼굴이 될 것이다.
 문제는 그 다음이었다. 윗입술을 말아 올려 치켜들고 이빨을 보자, 이것은 나 자신이 보기에도 정이 뚝 떨어진다.
 '혹시나 그 애가 이걸 보지 않았을까?'
 하는 걱정이 솟아난다.
 '에이 참.'
 고약한 일이다. 모처럼 좋게만 생각하고 자신을 가지려던 마음이 움츠러들고 말았다.
 그 다음은 소행 문제인데, 나는 그에게 깡패 같은 인상을

주었을지 모른다. 아니, 주었다. 분명 주었다. 그러기에 차 서방이 나오면서,

"어느 자식이야? 너를 따라왔다는 불량 학생이."

했을 것이다. 합승에서 내리지 않고 양쪽 종점을 몇 차례 왕복했다는 짓이. 뿐만 아니라 그를 뒤밟아서 집에까지 갔다는 사실이 '불량 학생'이라는 딱지가 붙는대도 변명할 여지가 없는 것이 아니겠는가. 비록 모르고 한 욕이라고는 할지라도 차 서방의 입으로, '자식'이니 '불량'이니 하는 욕을 먹은 것이 분하고 원통하다. 그러나 처녀의 아버지가 차 서방이었기에 망정이지, 생판 모르는 딴 사람이었더라면 욕먹는 것으로만 끝나지 않고 얻어맞는 봉변까지라도 당했을는지 알 수 없다. 어쨌든 처녀에게는 좋지 않은 인상을 주었을 것이고 차 서방에게도 마찬가지일 게다. 그러나저러나 차 서방의 딸이었기에 나와 그와 사이가 갑자기 가까워진 것 같은 마음이 든다.

나는 별안간 차 서방이 위대한 존재인 것처럼 느껴졌다. 아버지와 딸 사이이니만큼 언제라도 만나 볼 수 있을 것이 아니겠는가. 처녀와 한 방에서 같이 사는 차 서방이 거룩해 보이기까지 한다.

'나두 그 처녀와 한 방에서 같이 살아 봤으면……'

하는 생각이 들자, 거울 속의 내 얼굴은 홍당무처럼 새빨개졌다.

'내가 수동이가 아니구 차 서방이었다면 얼마나 좋았을까. 그랬다면 내 딸인 그 처녀와 한 집에서 같이 살 수가 있었을 텐데.'

하나 이것은 맹랑한 생각이다. 되지도 않을 소리.

'그렇다면 차라리 그런 누이동생이라도 있었으면.'

아니다. 그 애가 나보다 한 살이나 두 살은 나이가 위일는지도 모른다. 그러면 누나가 될 것인데…… 누나라도 좋다. 송지 누나나 매지 누나보다 얼마나 멋지고 예쁜 누나가 됐을 것이랴. 그러나 이것도 그렇게 안된 바에야 이제는 어쩔 수 없는 일이다.

그렇다면 현실에 입각해서 그와 한 집안에 살 수 있는 길은 없을까, 있다. 있기는 있다. 즉 그 처녀와 내가 장차 어른이 되기를 기다려서 결혼을 하면 된다. 이에 내 얼굴은 또 한번 총천연색으로 붉어졌다.

'그렇게만 되는 날이면 차 서방이 나의 장인?'

아버지라고 불려야 한다. 하기야 지금의 심경으로는 차 서방이 아버지보다 더 훌륭하게 느껴진다. 그러나 어렵다. 운전수라는 직업을 얕잡아 보아서가 아니라, 나를 데련님이라고 부르던 사람에게 갑자기 아버지라고야 어떻게……. 차 서방은 모르는 사람이고 그 애만 알게 된 것이라면 좋았겠다. 정말 그렇다. 장차 무슨 낯으로 차 서방을 대해야 하나. 생각하면 모두가 부질없고 어이없다.

'그렇다. 당분간은 차 서방을 일부러 피하자. 얼굴만 안보면 서로 어색하지는 않을 것이다.'

이런 궁리를 되씹고 있을 때 형 수길이가 학교에서 돌아왔다.

"수동아."

"흙!"

나는 소스라치게 놀랬다.

"왜 놀래니?"

"난 놀래지 않았어."

이것은 거짓말이다. 예고도 없이 불쑥 들어선 탓도 있지만 그보다도 내 마음 속을 형에게 들킨 것 같아서 놀랬던 것이다.

"혼자서 뭘 하구 있었지?"

"남이야 뭘 하구 있었든."

나는 공연히 대들었다. 무안한 김에 짜증을 내보았으나 속으로는 울고 싶은 마음이다. 이때 복도에서 기침 소리가 나더니,

"데련님, 들어가두 좋을깝쇼?"

하는 차 서방의 소리가 났다. 나는 당황했으나 들어오지 말라고 할 이유도 없어서,

"들어 와."

해 놓고도 가슴은 떨린다. 아까는 자기의 직책상 아무 말

없이 차를 태워다주었지만 지금은 사적인 입장에서 항의를 하러 온 것이 분명하다. 눈을 발가메고 으르딱딱거리면서 들어올 줄 알았는데, 뜻밖으로 차 서방은 풀이 죽어가지고 나타난다.

"큰 데련님두 계셨군요. 차라리 잘 됐습니다."

잘된 것이 다 무엇이냐. '큰 데련님'이 있기 때문에 내가 이렇게 더 초조한 줄을 모르구서.

큰 데련님이 없이 차 서방과 단 둘 뿐이라면 꿇어 앉아 사과를 한대도 그만이겠는데, 체면으로 보나 위신으로 보나 그럴 수 없는 것이 나는 안타까웠다.

"뭔데 그래? 차 서방."

형이 말참견을 하였다.

"다름이 아니랍쇼……."

차 서방이 시작한 말허리를 꺾으며 내가 가로 막고 나섰다.

"아무 것두 아니야."

그러나 차 서방은 고지식하게스리,

"아닙니다. 할 말은 해야겠습니다."

하고 고집이다. 나는 조급했다. 불량학생 모양 딸의 꽁무니를 쫓아 왔었다고 폭로한다면 내 꼴이 어떻게 되겠는가.

이때 복도에서 또 한번

"에헴."

하는 기침 소리가 났다.

에너지 선생이다. 형이 기겁을 해서 갑자기 얌전을 뺀다. 문이 열리더니 에너지 선생이 들어오셨다.

"너희들 뭘 하구 있니?"

"아, 아무 것두 하지 않습니다."

그제사 차 서방을 보신 듯,

"차 서방이 무슨 일로 애들 방엘 왔어?"

하며 무섭게 노려보신다.

"네, 여쭐 말이 좀 있어서……. 차라리 잘됐습니다. 선생님 두 계신 앞에서 얘기합죠."

나는 속으로 이제는 죽었구나 싶었다.

"다름이 아니라…….'

차 서방이 입을 열었을 때 나는 눈을 감았다. 그러나 그 다음의 말은 뜻밖의 것이었다.

"……차를 수선하러 공장엘 간대 놓구선 꾀를 피워서 제 집에 가 있던 걸 고만 작은 데련님께 들켰습니다. 정말 잘못 했습니다."

"흐음."

에너지 선생의 표정이 무섭게 굳어졌다.

"그래서 들킨 게 잘못이란 말인가, 거짓말 한 게 잘못이란 말인가."

"두 가지 다 잘못했습니다."

"두 가지 다라?"

"네, 거짓말을 안 했으면 아무 일 없었을 게구, 들키지만 않았어두 역시 별일 없었을 거니까요."

"그 생각은 좋지 않어. 허지만 내 소견으루는 차를 타구 집에 갔다더라두 그리 잘못은 아닐 것 같은데."

이렇게 말한 에너지 선생 앞에 차 서방은 펄쩍 뛰었다.

"아닙죠. 그건 잘못입니다요. 남의 차를 모는 운전수 주제에 사사로운 볼일로, 제가 타구서 단 1미터를 갔대두 잘못입니다요."

"좋아, 잘못을 알문 됐어. 다시는 그러지 말게나."

"네, 앞으루는 깊이 명심하겠습니다."

하고는 굽신하고 밖으로 나간 차 서방이었다. 이때 나도 차 서방 뒤를 따라 일어나려고 했으나 에너지 선생이,

"수동아, 차 서방 집이 어디더냐?"

하신다.

"왕십리예요."

"거기는 뭣 하러 네가 갔었니?"

나는 가슴 속이 뜨끔하였으나 차 서방이 없는 자리라 마음 놓고 얼른 둘러대었다.

"친구네가 그곳에 살아서 갔다 왔어요."

"누구라는 친구. 이름이 뭐냐?"

"이름은 아직 몰라요."

나는 속으로,

'아차!'

하였다. 아니나 다를까 선생은 미간을 찌푸리며,

"뭐? 이름을 몰라? 친구라면서 이름두 모르다니."

나는 또 한번 가슴이 내려 앉았으나 이제는 침착할 수가 있었다.

"차 서방 아들이 우등생이라기에 한번 만나보러 갔더랬어요."

하여 버렸다.

"음, 그건 좋은 생각이다. 수수방원기(水隨方圓器)라, 물은 그 담는 그릇 모양에 따라서 둥글게도 되고 모가 지기도 하며, 사람은 그 사귀는 친구에 따라서 선하게두 되고 악하게두 되는 법이다. 우등생을 사모해서 찾아다니는 건 매우 훌륭한 일이야. 앞으루는 차 서방네 아이하구 가까이 사귀도록 하여라."

선생은 열을 올려서 타이르신다. 나는 다시금 속으로만,

'차 서방네 아이하구 사귀구 싶지만 잘 되지가 않아서 걱정입니다.'

하고 대답하고는 이내 밖으로 나왔다.

차고가 있는 데로 갔더니 차 서방이 황송해 하며 나를 맞는다. 에너지 선생의 말을 듣고 그것이 암시가 되었던지 나는 차 서방 딸의 이름이 알고 싶어졌다. 그러나 맞대놓고

이름을 물어 볼 수 없는 형편이다. 그래서 차 서방하고 단둘뿐이라, 어지간히 배짱이 생겨서 넌지시 이렇게 말을 건네었다.

"차 서방은 아이가 몇이야?"

"둘이죠. 사내 하나, 계집애 하나."

"잘 생겼던데."

"네? 우리 철수 놈을, 데련님이 언제 보셨었소?"

'중학교에 다닌다는 아들의 이름이 철수인가.'

"철수두 잘 생겼지만 또……."

"아, 우리 미나(美娜) 말씀이군요. 그 애는 몸이 약해서 걱정이랍니다."

'으와! 이제야 알았다. 그 아이 이름이 미나였구나.'

나는 한번 들은 이름을 행여 잊어버릴세라 머리 속에 단단리 챙겨 넣어 두었다.

'미나, 미나……이름도 얼마나 아름다운가.'

그러나 겉으로는 대수롭지 않은 채 슬쩍 넘겨 버렸다. 어쨌거나 이날부터 나는 차 서방과 가까이 지내게 된 것이다. 그의 일이라면 쌍지팡이를 짚고 나서서 두둔하고 집에서 무슨 잔치라도 있는 날이면 할멈을 졸라 남은 음식을 싸주라 했다.

그러한 나를, 할멈은 남의 속도 모르고,

"작은 데련님은 인정두 많으시지, 아랫사람 배고픈 줄을

왜 그런지 나도 몰라 139

알아야 나중에 큰 사람이 되는 법입네다."

하고 극구 칭찬을 마지않는다. 그러나 나의 속셈은 보내주는 음식의 일부를 미나가 먹을 것을 기대하는 데에 있다.

미나의 살이 되고 피가 되어 부디 몸 건강해지라고. 나는 미나가 보고 싶었으나 체면이라는 것이 있지 않은가. 그래도 한번은, 억지로 이런 말을 하여 보았다.

"차 서방 집에 나 한번 가보고 싶어."

"네? 데련님이 어떻게 그런 누추한 데를. 그거 안됩니다요."

"상관없어. 식구들을 만나보구두 싶구."

"야, 우리 철수 말씀이군요. 허지만 그 녀석이 어디 데련님의 친구감이 됩니까요?"

이 말은 나에게 좋은 암시를 주었다.

철수를 사귀노라면 자연 미나도 만나게 되지 않을까 하는 계산이 선 것이다. 그래서 며칠 후,

"차 서방. 철수를 한번 데리구 와 봐."

하고 부탁을 하였더니,

"천만에요, 그 못난 자식을 어떻게."

하며 굳이 사양하는 것을 여러 날을 두고 수없이 졸라서야,

"그러면 한번만 와서 인사를 여쭙게 하지요."

하는 것이었다.

"그럼 다음 공일날 아침에 집에 데리구 와."
"그렇게 하죠."
이리하여 차 서방의 아들인 철수라는 아이를 만나게 되었다. 만남의 장소는 부엌에 딸린 할멈의 방이다. 철수를 보자 나는 단박에 마음에 들었다. 다른 점보다도 우선 미나와 얼굴 모습이 많이 닮은 것이 좋았고, 다음으로는 비록 해지기는 하였어도 깨끗하게 세탁하여 풀을 먹여 빳빳하게 다린 교복을 입은 옹골차 보이는 체격이 싫지 않았다. 내가 할멈의 방에 들어서자 차 서방은 철수의 머리를 주먹으로 쥐어박으며,
"이 녀석아, 데련님이다. 인사드려."
하고 강요하다시피 하였으나, 철수는 끝내 고개를 쳐든 채 나를 똑바로 쏘아보는 것이 셋째로 내 마음에 든 것이었다.
"자식이 환장을 했나. 데련님 앞이래두."
또 한번 손바닥으로 뒤통수를 누르자,
"아버진 괜히 그래."
하며 차 서방에게 덤벼들듯이 하더니 나를 다시 노리는데 철수의 그러한 태도도 싫지 않았다. 그러나 다음 순간,
"나 수동이다. 너는 철수? 내 방으루 가자."
하고 손을 잡아끌었을 때,
"이거 놔."

왜 그런지 나도 몰라 141

하며 손을 뿌리치는 데는 나도 화가 나지 않을 수 없었다. 그것도 단 둘이서 만이라면 모른다. 차 서방이 있고 할멈도 있는 앞에 이 꼴을 당하니 눈앞에 아무 것도 보이는 것이 없게 되었다. 철수가 뿌리친 손을 보낼 곳이 없는 나는 이내,

"뭐 이런 게 있어."

하자마자 철수의 따귀를 호되게 갈겨 붙였다.

"이게."

하며 철수가 발딱 일어났다. 우리 둘이는 어울려서 엎치락 뒤치락……. 차 서방이 철수를 잡고 할멈이 내 팔을 쥐고 뜯어 말리건만 우리는 떨어지지 않았다.

"이 자식, 철수야. 네가 돌았니?"

하며 차 서방이 철수를 두들겨 주자, 그제사 철수가 밖으로 달아나 버렸으므로 간신히 싸움은 끝이 났다.

이 소동 때문에 달려오신 어머니가 나를 안방으로 불러 앉히시고 몹시 꾸중을 하신 끝에,

"앞으루 다시는 할멈 방에 들어가지 마라."

하는 금족령을 내리셨다.

"네."

다음은 할멈과 차 서방 차례였다. 둘은 안방에 불려 와서 호되게 야단을 맞는 것을 나는 밖에서 들었다.

"할멈은 푼수를 알아야 해. 아무리 나이가 많더라두 할멈

이 수동이의 윗사람은 아니잖소? 시중 들구 받드는 건 좋아두 그애 할머니나 되는 것처럼 귀여워하려구 든다거나 할멈 방으로 부르는 따위는 있을 수 없는 일이요."

"네, 부른 게 아니라 데련님이 저절루……."

"변명하지 말아요, 수동이가 가더라두 들어오지 못하게 하문 될게 아니오."

"네."

내가 듣다 못하여 할멈을 위해 변호를 하려고 방으로 막 뛰어 들려할 때 이번에는,

"차서방두 차서방이지, 어쩌자고 아들아이를 집에 오래 가지구 우리 수동이하구 싸움을 하게 한단 말이요?"

"잘못했습니다."

차 서방은 처음부터 사과를 한다.

"거기다가 수동이를 때리게까지 했으니, 세상에 이런 법두 있어?"

"죄송합니다."

"앞으로 다시 그런 일이 있어서는 안 되겠소."

"명심하겠습니다."

이쯤 되니까 어머니도 더 할 말이 없으신가보다.

"나가들 봐요."

"네."

나는 방문 앞을 떠나 마당으로 나왔다. 할멈과 차 서방에

게 들키지 않기 위해서다. 한참 후 내가 차고로 가 보니 차 서방은 멍청하게 앉아서 무엇인가 골똘히 궁리하고 있다가 나를 보자 얼른 일어나 굽씬한다.

"데련님, 죄송합니다."

"내가 되려 미안해."

"별 말씀을…… 내 오늘 집에 가거들랑 철수 자식을 다시는 일어나지두 못하두룩이 다리 마댕일 분질러 놓을 작정입니다요."

"뭐? 그건 안 돼. 내가 이렇게 차 서방을 찾아온 건 다름이 아니구, 오늘이래두 차서방 집엘 나두 같이 가서 철수한테 사과를 하려구 온거야."

"원, 당치두 않은…… 아 글쎄 그 자식이 미쳤지, 도련님에게 감불 생심 덤벼들다니 하늘이 무섭지 어쩌문 그런……."

그가 입에 거품을 물고 팔로 삿대질을 하고 있을 때 할멈이 와서,

"차 서방에게 전화요."

한다.

"어디서 왔소?"

"가서 받아보문 알 게 아니오?"

할멈도 야단 맞은 뒤끝이라 기분이 좋지는 않은 모양이다.

"어디서 왔을까. 이거 또 주인댁에 죄송한 일인 걸."

하며 전화 받으러 간다. 나는 할멈을 붙들고,

"할멈, 정말 안 됐어. 나 때문에 욕을 보게 해서."

하는 말로 위로를 하였던 바,

"데련님 때문이 아니에요. 철순지 한 그 애가 후레자식이지 아 글쎄 어디다 대구 손찌검을 한답니까."

"그야 내가 먼저 갈겼으니까 저두 뎀빈 거지 뭐야."

"좀 맞았더라두 그렇죠. 손 느리구 얌전히 맞아야 될 사람의 자식이지, ……워낙에 차 서방이 가르치지 못하구 마구 길러놔서 그 모양이에요."

이 때 전화 받으러 갔던 차 서방이 하얗게 질린 얼굴로 헐레벌떡 뛰어온다.

"차 서방 아저씨, 무슨 전화야?"

"네…… 네……."

갈증이 나는지 군침만 삼키면서 말을 못한다.

"무슨 일이라두 생겼어?"

"네, …… 교통사고 ……교통사고가……."

"뭐? 누, 누가……?"

"우, 우리 아이가……."

"철수가?"

"아니요. 미, 미나가…… 합승에서 굴러 떨어져 가지구 병원에 입원을 했답니다."

"원 저런, 가봐야지 않어?"

"네. 그래서 차고문 닫구 얼른 다녀오렵니다."

왜 그런지 나도 몰라 145

"나두 같이 가."

D병원이라면 우리 집에서는 아주 가까운 거리에 있는 이름난 종합병원이다. 한달음에 달려가는 차 서방의 뒤를 따라 나도 바삐 가는 동안은 미나를 보고 싶어서 간다든가 하는 생각은 조금도 없었다. 다만 차에서 떨어져 상처를 입은, 차 서방의 딸을 살펴보기 위한 순수한 마음뿐이다.

—미나가 누워 있는 입원실은 초라한 3등실이었다. 초라한 병실 초라한 침대 위에 미나는 정신을 잃고 누워 있었다. 방으로 뛰어들자 차 서방은 침대 머리를 와락 움켜잡고 얼굴을 파묻으며 울기부터 한다.

"미나야, 이 애비가 변변치 못해서 남의 집 애들처럼 호강을 못 시키구 죽을 고생만 하게 하다가 이 꼴을 만들다니."

옆에서 보고 있던 의사가 물결치는 차 서방의 어깨를 조용히 흔들면서,

"그렇게 떠들면 안 됩니다. 환자에게 해로우니까요."

차 서방은 실성한 사람처럼 벌떡 일어나 의사의 손목을 잡고 매달린다.

"선생님, 살아날 수가 있겠습니까? 네? 있어요?"

의사는 넓은 웃음빛을 띠고,

"생명에는 위험이 없습니다."

"그런데 왜 눈을 감고 있습니까, 내가 온걸 왜 모릅니까?"

"주사 기운으루 잠들어 있습니다."

"상처는 어느 정도인가요?"

"심한 타박상과 약간의 찰과상을 입었는데 뼈도 좀 다친 모양이지만 그건 나중에 엑스레이를 찍어봐야 분명해지겠습니다."

"선생님, 잘 부탁합니다. 내가 죽고라도 이 애만은 살리구 싶습니다."

"할 수 있는 데까지는 해보겠습니다."

―내가 보기에는 그리 중상은 아닌 것 같았다. 핼쑥해진 얼굴에 속눈썹이 긴 눈을 가만히 감고 누워서 이따금씩 아픈 듯이 얼굴을 찡그리며 가느다란 신음소리를 낼 뿐이다. 그러나 평화로운 얼굴이다. 천사의 얼굴이 이런 것이 아닌가 싶게 화려해 보인다. 먹을 것을 먹고, 입을 것을 입고, 생활 전선에 시달리지 않으면서 속 편히 살았다면 그야말로 달덩이에나 비길까, 꽃송이에나 견줄 건가, 말도 못하게 아름다웠으리라고 여겨진다.

그러나 병실의 꾸밈새는 이 아름다운 소녀와 비교도 안 될만큼 살풍경이다. 나는 영화에서 본 호화찬란한 입원실을 생각해 본다.

입원실이라면 고급 호텔 손님방이 그럴까 싶게 화려한 것으로만 알아왔다.

그것은 나는 어릴 때부터 생각하기를, '아프지도 괴롭지도 않고, 주사나 약을 안 먹어도 좋고, 또 절대로 죽지도 않는

병이 있다면 그 병에 걸려서 얼마동안 입원을 해 봤으면'—하는 것이 소원이었다.

그렇게만 되면 찾아오는 손님의 위문을 받고 가져오는 과일 통조림이나 떼어 먹으면서 학교를 쉬고, 읽고 싶은 소설이나 한가롭게 읽으면서 지낼 것이 아니냐—하는 것이 오랜 동안의 꿈이었는데, 입원실이라는 데가 이렇듯 살벌한 곳이라면 누가 즐겨서 입원을 하랴 싶었다.

그러나 이런 데라도 병을 앓는 사람이 저마다 입원하지 못하는 것이 비극이라고 한다.

그야 남의 일이니 모르거니와 미나의 경우는, 입원은 했으나 비용이 많이 들어서 다 낫기도 전에 퇴원을 해야 한다니 이것도 비극이랄 밖에.

허지만 미나는 처음보다 많이 나았다.

그 사이 나는 하루에 한번, 혹은 두 번씩 그의 입원실을 찾았다.

어머니가 나 먹으라고 주신 과일이나 비타민 또는 현관이나 응접실에 놓인 꽃병에서 꽃 몇 개를 쪽 뽑아가지고 가기가 일쑤였다.

차 서방은 물론 미나까지도 나를 고맙게 알고 반가이 맞아주건만, 철수만은 서먹서먹한지 병실에서 만나도 서로 별로 인삿말조차 주고받는 일이 없었다.

그래서 되도록이면 철수가 없는 시간에 내가 가기로 하였는데, 미나가 내가 오기를 기다리는 눈치마저 보여주니 대견한 일이었다.

그러나 언제까지 비용이 많이 드는 병원에 있을 수가 없어서 이제는 퇴원을 하고 왕십리 차 서방 집에서 치료를 하겠다고 병원을 나오게 된 미나였다. 나는 서운하다 못해 슬퍼지기까지 하였다.

D병원은 병원이니까, 그리고 집에서 가까우니까 찾아가는 것이 자연스러웠지만 왕십리까지 일부러 간다는 것은 남이 보기에도 친절이 지나친다고 하기 쉬울 것이다. 그래서 며칠에 한번만큼씩 차 서방을 통해 병세를 알아볼 정도로 그치자니 안타까웠다. 우리 집 대문 앞에서 합승을 타면 왕십리 그의 집 앞까지 갈 수 있는데, 그렇다고 자주 갈 형편이 못 되지 않는가.

이러한 때에 나는 불행한 말을 들었다. 차 서방 말이,

"데련님이 그렇게두 염려해 주셨는데두 미나 년의 상처가 도루 도지는 것 같습니다요."

하였을 때 나는 어찌할 줄을 몰랐다. 내가 왜 이렇게 슬퍼지는지 나도 모를 일이다.

싸움 아닌 싸움

나는 어떻게 해서든지 미나를 구하고 싶었다. 그를 구하려면 무엇보다도 앞서는 것이 돈인데, 내게는 그것이 없다.
'이 일을 누구한테 의논하면 좋으랴.'
길이 없다. 막연하다. 나를 이해하고 내 부탁이라면 다 들어줄 만한 사람으론 할멈이 있을 뿐인데, 할멈에게는 그런 큰돈이 있을 턱 없다.
나는 생각하다 못해 송지 누나의 방을 찾아갔다. 누나는 마침 토끼를 붙들고 앉아서 무슨 실험을 하는지 주사를 놓고 있다가 내가 문을 여는 서슬에 고만 놀랬던지 토끼를 놓쳐버리는 바람에, 토끼는 주사 바늘을 꽂은 채 이리 뛰고 저리 뛰면서 플라스코, 시험관 가릴 것 없이 마구 뒤엎어 버린다.
"에그머니나, 수동아, 저 토끼 좀 잡아라."
말 안해도 나는 잡으려고 노력을 하고 있는 중이다.
"빨리…… 빨리 잡으라니까."
"시방 잡구 있지 않어?"

"원 애두, 어쩌자구 노크두 않구서 불쑥 뛰어 드니?"
"누나가 있는지 없는지도 모르면서 어떻게 노크를 해?"
"저기……저기……."
'놀랜 토끼'라는 속담이 있거니와, 토끼가 놀래니까 정말 대단하였다. 손쓸 겨를을 주지 않고 함부로 날뛰었다.
나는 이내 보통 수단으로는 되지 않을 줄을 깨닫고 내 방으로 왔다. 고무총을 가지러 온 것이다. 이것이면 자신이 있다. 먼 나뭇가지 위에 앉아 있는 참새도 쏘아 잡는 솜씨인데 그까짓 방안에 있는 토끼 쯤 못 맞힌대서야 말이나 되겠는가. 자신만만한 내가 밤톨만한 돌멩이 여남은 개를 호주머니에 넣고 누나 방으로 달려갔을 때 송지 누나는 땀을 뻘 뻘 흘리면서 사슴을 뒤쫓는 것이 아니라 토끼를 뒤쫓는 작전을 벌이고 있었다.

"누나, 염려 마, 이젠 내게 다 맡겨줘."

나는 명포수처럼 토끼를 향해 겨냥을 대면서 외쳤다. 누나도 나의 솜씨를 믿는지 한쪽으로 비켜선다. 나는 숨을 뚝 끊고 제1탄을 쏘았다.

이상하다. '픽'하고 쓰러져야 할 터인데 '픽' 대신에 '쨍'이다. 그 소리는 토끼에게서 난 것이 아니라 약병에서 났다. 내가 쏜 제1탄이 명중한 것이 아니다.

"어머 어머……"

누나는 울상이 되고 깨어진 약병에서는 약물이 흐르고 한번 더 놀랜 토끼는 길길이 된다. 그러나 나는 침착하였다. 1탄은 실패하였으나 2탄에는 자신이 있었다.

'이번에는 꼭……'

다시 겨냥을 대었다.

'발사!'

돌멩이를 싼 가죽을 놓아 주는 순간 이번에는,

"아이쿠."

하는 소리가 들려 왔다. 제 아무리 영특한 토끼라 할지라도 사람 입내로 '아이쿠' 할 수는 없는 노릇이 아닌가. 그때야 내가 서서히 상황을 살피니까 두 손으로 이마를 싸쥔 송지 누나가 쭈그리고 앉아 있다.

"누나, 왜 그래?"

대답 없이 한참이나 그 자세대로 꼼짝 않고 앉았던 누나가 손을 떼며 일어나자 나는 푹 하고 웃음을 깨물어 삼켰다. 그도 그럴 것이, 누나의 양미간에 부처님 모양 혹 하나가 달려 있었기 때문이다. 토끼를 노린 내 돌멩이가, 마치 구약성경에 나오는 '다윗'이 '골리앗' 대장의 이마를 공격했듯이 본의 아니게도 송지 누나를 후려쳤던 것이다.

이렇게 되니 나의 체면이 말이 아니게 되었다.

'이것도 따지고 보면 다 저 토끼 탓이다.'

나는 토끼에 대한 말할 수 없는 적개심이 불타 올랐다.

'오냐, 무슨 일이 있어도 내 이 놈의 토끼를……'

나는 또 한번 겨냥을 대었다.

"휙."

하는 소리에 뒤이어,

"쟁그렁 와그르르……."

이건 또 어찌된 일이냐. 창문의 유리가 깨어져 떨어졌다. 토끼는 눈을 말똥거리며 입을 오물댄다.

"에잇."

누나가 나에게 덤벼 들었다.

"요 자식."

멱살을 잡고 늘어진다.

"왜, 왜 이래?"

"뭐가 왜 이래."

우리 남매가 밀거니 당기거니 옥신각신할 즈음에 형과 할멈, 게다가 에너지 선생까지 달려오셨다. 왜 안그랬겠는가, 토끼를 잡으려고 꽈당거리는 소리 끝에 유리 그릇 부서지는 소리가 났고, 누나의 '아이쿠'에 계속해서 유리창 부서지는 '쟁그렁 와그르르' 소리가 났기 때문이다.

그나 그 뿐인가,

"에잇."

"요자식."

"왜 이래."

등등의 심상치 않은 소리가 들렸을 거니까 필경 남매간에 싸움이 붙은 것으로 알았을 것이다. 아니나 다를까 에너지 선생이,

"고만, 고만, 수동아, 물러서."

나는 처음부터 물러서고 싶었다. 허지만 누나가 멱살을 잡았는 데야 어떻게 몸이 마음대로 되랴. 그러나 형과 할멈이 달려들어 뜯어 말려서 나는 간신히 자유의 몸이 되었다. 마침 어머니께서 집에 안 계시기가 다행이었지만, 그러나 꾸중은 면할 수가 없었다. 집에는 꾸지람 대리점 같은 에너지 선생이 계시니까.

"수동아, 누나를 때리는 거 어디서 봤니?"

"전 때리지 않았습니다."

"다물어라, 엄연히 증거가 있는데두?"

하며 에너지 선생은 그 부리부리한 눈으로 송지 누나 이마에 달린 혹을 주시하신다.

"내 방으로 오너라."

"네."

나는 사감실로 불려갔다.

"뭘루 때렸니?"

"때리지 않았습니다."

"아직두 그런……."

"때린 게 아니구 쏘았습니다."

"쫘? 뭘루 쫘."

"고무총으루요."

"그건 더 나빠, 흉기를 가지구 누나를 쏘다니, 이 천하에 몹쓸 놈."

사람의 눈이 이렇게까지 커질 수 있으랴 싶게 에너지 선생은 눈을 부릅뜨고 고함을 지르신다.

"일부러 쏜 게 아닙니다."

"일부러 쏜 게 아닌데두 이마에 들어 맞어? 겨냥을 대구 쏴두 빗맞기 쉬운 데를 꼭 맞힌 걸 보문, 네가 누나를 공격하려구 오래 전부터 연습을 해둔 게 분명해. 자초지종을 이실직고(以實直告) 못할까."

유식한 분은 과연 다르다. 화가 나서 문초를 하면서도 문

싸움 아닌 싸움 155

자는 빼놓지 않으니 알아 드려야 한다.

"말씀을 드리겠습니다……."

 나는 처음부터의 경위를 낱낱이 여쭈었다. 다 듣고 나신 선생은

"흠! 오해를 해서 미안하다."

 하고 음성을 낮추셨다.

"그럼 또 묻겠는데, 누나 방에는 왜 갔지?"

 그거야 무슨 잘못이겠는가, 동생이 누나 방에 갔기로서니 어떻단 말이냐. 그러나 우리 집의 사정은 좀 달랐다. 어디서나 내가 나타나기만 하면 마치 폭발탄이 들어온 것처럼 모두 긴장하며 일손을 멈추고 일거리를 주섬주섬 치워놓는 습관이 있다. 어릴 때부터 내 손이 닿기만 하면 꼭 일을 저질러 놓고야 만다는 달갑지 않은 전설이 있기 때문이다. 나는 여기서도 실토를 하지 않을 수 없었다.

"실상은 차 서방의 딸 미나의 일 때문입니다."

"차 서방 딸의 일이라? 소상히 말해 봐."

"네, 차 서방 딸이 합승 차장으루 다니는데 교통사고루 부상을 입어서 입원을 했더랬습니다."

"음, 그건 나두 알지, 그래서……."

"퇴원해 가지구 집에서 치료를 하는데 상처가 도졌기에 그래서 누구보구 누구보구……."

 여기까지 말했을 때, 나는 웬일인지 눈물이 자꾸 나서 더

말을 계속할 수가 없었다.

"사나이 자식이 울기는 왜 우는 거야? 어서 말을 계속해 봐. 누구보구 어쨌다는 거야?"

"쥐나 토끼에게 비싼 약을 주사하지 말구 연습 삼아서 미나의 병을 고쳐주라고 부탁할까 해서 갔습니다."

"음!"

선생은 한참이나 가만히 계시다가 입술을 씰룩거리면서 고개를 돌려 버리셨다. 선생은 울고 계시다. 당신은 '사나이 자식'이 아니라는 듯 커다란 눈에 눈물을 글썽 거리시면서,

"착하다. 훌륭하다."

하신다.

"죄송합니다."

"죄송할 거 없어. 그런 일이라면 송지 이마빡에 돼지감자 모양 혹이 울퉁불퉁 돋더래도 하는 수 없지."

하셨다가 이내,

"허지만 그건 안 돼지."

하고 취소를 하시더니,

"동기는 좋았지만 결과가 언짢으니까, 이제 냉큼 가서 송지 누나에게 잘못했노라구 사과를 하구 오너라."

"네······ 사과하구 이리루 또 옵니까?"

"올 거 없다. 네 방에 가 있거라."

하고, 이번에는 고개만 돌리는 것이 아니라 아주 돌아 앉

아 버리셨다. 나는 안다. 선생이 나를 얼른 내보내시려는 이유를.

 에너지 선생은 아무도 없는 방에서 혼자 조용히 울고 싶으신 것이다.

큰 선물

나는 송지 누나 방으로 왔다. 이마에 돋은 혹에 열심히 약을 바르고 있던 누나가 나를 보자 다시 한번 놀란다.
"뭘 하러 또 왔니?"
"사과하려구."
"사과 다 소용 없다. 어서 나가."
"그것 말구두 할 말이 있어서."
"할 말 있으문 빨리 해."
"토끼는 어쨌어?"
"수길이가 잡았다. 됐지? 됐으문 나가."
"누나는 나가라는 것 밖에 몰라?"
무심코 테이블 위를 보니까 거기에는 '메스'와 가위로 쌍둥쌍둥 잘려진 고무총의 잔해가 버려져 있다. 아마 누나에게서 나 대신 '린치'를 당한 모양이다.
그러나 나는 지금 그런 걸 생각하고 있을 여유가 없다. 이 시간에도 미나는 고통 속에 신음하고 있을 것이 아닌가. 이에 기운을 내어서,

"누나."
"왜 그래?"
"누나는 의사지?"
"지금은 아니지만 앞으룬 되겠지."
"아까 여기 들어왔던 건 다름이 아니구 환자를 한 사람 소개하려던 건데……."
"뭐? 환자?"
"입맛이 당기는 모양이군."
"응."
"어떤 환자야? 허지만 수술 같은 건 아직 못한다."
누나는 겁을 집어 먹는다.
"수술 환자가 아니라 약이나 발라 주구 이따금 연습 삼아 주사나 놔주문 될 사람이야."
"그게 누구니? 어디 한번 만나보자."
"물론 만나 봐야지."
"네가 쓸모 있을 때두 다 있구나. 그런 일이램 진작 말하지 왜 여태 가만 있었니?"
"진작 말하려구 들어왔는데 누나가 토끼를 놓쳐버렸잖어? 그래서 잘못한 거야."
"그까짓 거, 지나간 일은 좋아. 앞으루나 잘 하문 돼."
"어떻게 하문 잘 하는 거야?"
"환자두 소개해 주구, 그러문 되는 거지. 대관절 누구니?

지금 있다는 환자가."

"보구 싶어?"

"보구 싶다기보덤 병이란 조기진료를 해야지 기르문 못쓰는 거니까."

"그럼 지금 당장이라두 가 볼수 있어."

"정말? 집이 어딘데?"

"왕십리야. 누군고 하니 차 서방 딸이야."

"차 서방 딸? 그 애는 입원했다가 퇴원을 했다잖아?"

"퇴원했지만 다 나은 건 아니래."

"차 서방이 나더러 봐 달라구 부탁을 하든?"

누나는 벌써부터 흥분을 한다.

"부탁은 안 했지만 걱정을 하더군."

"그래?"

누나는 금세 서운해 하는 눈치다.

"뭐라구 하면서 걱정을 해?"

"돈이 없어서 마음껏 치료를 시키지 못한다구 하면서……."

"흥, 차 서방두 눈이 어두운 사람이야. 아 그래 눈앞에 나를 두구두 부탁을 않구서 걱정만 해?"

"그야 부탁하구두 싶겠지. 허지만 미안하구 황송해서 못할거야."

"그런 눈치가 보이든?"

"응, 분명해."

큰 선물 161

"그렇담 좋아, 지금 왕진(往診)가자."
"가 줄 테야?"
"가구 말구. 나가서 기다려."
"응접실에 있을게."

내가 얼마 기다리지 않아서 누나는 내려왔다. 의상과 소도구만으로 본다면 어디다 내놔도 부끄럽지 않을 훌륭한 의사다. 위생복은 연구실에서도 노상 입고 있는 것이지만, 이 다음에 의사가 된 후에 쓰려고 장만해둔 왕진가방만은 어느 의학박사 선생님의 것과 비교해서 조금도 손색이 없을 고급품이다. 지금 그 가방을 들고 내려온 것이다.

"자, 떠나자."

나는 앞장서서 의기양양하게 합승정류장으로 향하였다.

부처님

"미나, 그 동안 좀 어때?"

하며 들어서는 나를 보자 미나는 진심으로 반가운듯 자리에서 일어나 앉는다.

"웬일이냐? 여길 다 오구."

"의사 선생님을 모시구 왔어."

누나라 안하고 의사 선생님이라고 불러준 데 대해 누나는 매우 만족스러운 표정을 지으면서, 가장 유명한 의사나 된다는 듯한 태도가 아주 볼 만했다.

"어머나, 이를 어째. 방을 이렇게 어질러 놨는데."

철수는 이미 야간 학교에 나가서 집에 없고 미나 혼자만 있다가 몹시 당황해 한다.

"괜찮어. …… 선생님, 들어갑시다."

나는 누나의 위신과 환자의 신임을 위해 일부러 이렇게 말했다.

"그래."

누나는 싫지 않은 듯 빙그레 웃으며 방으로 들어오더니

왕진 가방을 열고 그 속에 들어 있는 물건을 모두 동원한다. 사람을…… 아니, 환자다운 환자를 처음 대해 보는지라 여러 가지 의료 기구를 다 시험해볼 작정인가 보다. 먼저 타진을 하고 청진을 한다. 체온계를 겨드랑에 끼워 본다.

나는 미나의 피부를 보기가 민망해서 이때만 밖에 나가 있다가 돌아와 보니, 누나는 벌써 주사를 두 대째 놓고 석 대째를 막 시작하는 판이었다. 나는 겁이 더럭 났다. 이대로 버려두었다가는 열대고 스무대고 한이 없을 것 같았다. 그래서,

"선생님, 주사는 앞으루 몇 대나 더 놓습니까?"

하였다.

"두 대만 더."

매우 에누리를 해서 큰 마음을 쓰는 셈으로 두 대만 더 놓겠다는 말에 무언가 아쉬움이 깃들어 있다. 누나는 마치 침질하는 취미를 갖고 태어나 주사 놓는 것을 큰 사명으로 여기는 인간인 것 같았다.

주사를 다 놓고 나서도 아직 미흡한지 또 진찰을 시작한다. 눈꺼풀을 까뒤집어 보고 혀를 보고 손금쟁이처럼 손바닥 발바닥까지도 유심히 살핀다. 이리하여 시간이 꽤 지났건만 나는 하나도 진력이 나지 않았다. 진찰하고 주사 놓고 하는 사이에 나는 마음 놓고 미나를 볼 수가 있었기 때문

이다.

귓구멍 콧구멍까지 다 들여다 본 누나가 이제는 더 볼 데가 없는지 기구를 가방에 꾸려 넣을 때, 일을 마치고 돌아온 차 서방이 방안으로 들어섰다. 그는 나와 누나를 보자,

"아니, 이런 황송할 데가…… 이게 어찌된 일이시오니까?"

하며 넙죽 엎드린다.

"따님에게 주사나 몇 대 놔주려구요."

"아이구 고마우셔라."

"뭘요, 내일 또 올게요."

누나는 아주 재미를 붙인 모양이다.

"고마우셔라, 이렇게 누추한 델 오셨는데 뭐 대접할 만한 것두 없구, 이를 어쩌나."

"호호호, 대접하려면 따님이 다 낫건 해요."

하며 일어서려 할 때,

"앉읍쇼, 내 얼른 나가서 뭣 좀……."

하다가,

"아참, 댁에서 사장님이랑 사모님께서 두 분을 찾구 계시던 데요."

"그러니까 빨랑 가봐야지 않우?"

하고 우리 남매는 왕십리 차 서방 집을 나섰다. 차 서방은 행길까지 쫓아나오며 황송해한다. 누나 이마에 혹이 안 달

부처님 165

렸더라도 실상 지옥에서 부처님을 만난 기분일게다.

―집으로 와보니, 아버지와 어머니가 근심스러운 얼굴로 우리를 기다리고 계셨다.

"너희들 어디 갔다 이제야 오니?"

"볼일이 좀 있어서요."

"싸우러 갔다며?"

"네? 누가 그런 소릴 해요?"

"수길이가 그러더라. 집에서 한바탕 하구 나서 또 어디루 싸우러 갔다구."

"아니에요."

"아니긴. 수동아, 너 고무총으로 누나를 쏘구 세간이며 유리창이며 온통 부수구 그랬다지?"

이때,

"그 변명은 내가 하지."

하며 들어서신 것이 에너지 선생이었다.

"선생님, 주무시는 줄 알았는데."

"이 사람, 자긴 내가 왜 벌써 자겠나? 문을 닫아걸구 방안에 들어 앉아 뭣 좀 깊이 생각할 일이 있었네."

"선생님 우셨습니까?"

"음, 울었지. 옛날에 병 앓다가 죽은 딸 생각이 불현듯 나지 않겠나? 그래서……."

아무래도 그대로 두면 또 우실 것 같아서

"선생님, 고만해 두세요."

"오냐. 고군, 내가 좀 할 말이 있네."

"무슨 말씀인데요?"

"오늘 지난 일."

하시면서 에너지 선생은 송지 누나 이마에 생긴 혹의 내력과 고무총의 유래, 기물 파손 경위 등을 다 설명하더니,

"장차 고씨 집안을 빛낼 인물은 수동이 밖에 없어."

하는 칭찬으로 말씀을 끝내셨다. 칭찬을 들었는지라 나도 기분이 좋았지만 어머니 아버지도 언짢지는 않으신 모양이다.

"글쎄요. 애가 웬일루 그렇게 덜렁거리는지 모르겠어요."

형도 앉아 있는 앞이라 나만 칭찬하기가 안 되셨던지 이렇게 슬쩍 헐뜯으실 때 그 큰 손을 가로저으며,

"아닐세. 남자란 좀 덜렁거리는 편이, 알지두 못하는 일 가지구 고자질하는 자식보다야 월등 났지."

은연중 형 수길이를 후려치는 말씀이다. 가만히 있었으면 그만일 것을 공연히 오늘 저녁의 일을 부모님 앞에 일러 바쳤다는 꾸중이시다. 아버지는 더욱 난감해지셔서,

"하하하."

하는 너털웃음으로 얼른 넘기려 하신다.

"이 사람, 왜 웃나? 이게 어디 웃을 일인가? 남은 울었다는데."

"그걸 가지구 웃은 게 아닙니다."
"그럼 뭐야?"
"선생님이 덜렁이를 두둔하시는 게 우스워서……."
"뭐라구?"
"제가 학생 때 선생님 별명이 무엇이었는지 아십니까?"
"하두 오래된 일이라서 난 다 잊어버렸네."
나는 두 분의 대화에 매우 흥미를 느꼈으므로,
"뭐라구 했는데?"
하고 채근하였다.
"선생님께 여쭤 봐라."
"하, 난 잊어버렸대두."
"그럼 제가 말해두 좋습니까?"
"뭐 좋을 거까진 없네마는 하겠으문 하지."
"그럼 발표합니다. 덜렁 대감이었지요."
"참 그러구 보니 이제 생각이 나는군."
노인네는 내숭스럽다.
"하하하."
"그 이름을 누가 지었지?"
"이제니 말이지만 제가 지었습니다."
"내 그런 줄 알았지."
"이제는 야단치셔두 소용 없습니다."
"하하하."

"이왕 말이 난 김이니까 일화(逸話) 몇 토막을 아이들 앞에 소개해두 괜찮겠지요?"
"무방해."
"그럼, 하겠습니다."

덜렁덜렁

 에너지 선생에게 덜렁 대감이라는 별명이 붙은 유래는 이러하다.
 그 날은 바람이 몹시 부는 겨울철이었다. 학교를 퇴근하고 하숙으로 돌아오던 길에 선생은 담배를 피우고 싶은 생각이 나서 성냥불이 꺼질까봐 전봇대 그늘에 쭈구리고 돌아앉아 담배를 피워 물고는, 그대로 일어나 돌아선 방향으로 걸어갔더니 눈 앞에 도로 학교가 나타났다는 것이다.
 여기까지는 또 괜찮은데, 그 시간을 아침으로 착각하고 새로 출근한 기분으로 교무실에 들어가 수업준비를 했다고 한다.
 그런데 이상한 것이 날이 차츰 밝아야 할 터인데 점점 더 어두워가므로 이상하다 여기고 시계를 보니 여섯시다.
 "흠, 내가 너무 일찍 왔나보군. 아직 여섯시 밖에 안 됐는 걸, 숙직실에 가서 한잠 더 자구 나와야지."
 하며 숙직실에서 자고 깨어 났더니 바로 그 이튿날이었다나?

그러고는 달력이 틀렸다고 극성을 부렸다고 한다. 이쯤 되면 덜렁 대감의 자격이 충분하고도 남는다.

저녁 여섯 시를 아침 여섯 시로 알 지경이었으니까. —또 한번은 이런 일이 있었다고 한다.

아버지가 학교에서 운동을 하고 늦게 돌아오다가 학교 도서관 앞을 지나는데, 난데없이 삼층 유리창에서 사람 소리가 났다.

"애야, 애야."

가뜩이나 사람이 없는 큰 건물이란 무섬증을 자아내게 마련인데 어둑어둑해진 저녁 하늘에 메아리하는 사람의 소리는 귀기(鬼氣)가 서리었다고 한다. 게다가 그 도서실에는 귀신 도깨비가 나온다는 전설이 있어온 터라 머리카락이 쭈뼛해서 달아나려고 하니까,

"이거 봐라 고군, 나다, 나야."

그제사 덜렁 대감인 줄 알고도 이런 기회에 한번 평소의 감정을 풀어볼 겸해서 골려 볼 양으로,

"거짓말 말어. 너 도서실에 잘 나온다는 귀신 도깨비지?"

하고 대들었더니,

"아니다. 나 홍선생이야."

"그런다구 내가 속을 줄 아니? 홍선생님이문 지금이 몇 시라구 거기 계실 리가 없지 않니? 분명 너, 귀신 도깨비다. 이놈 귀신 도깨비야."

"아, 아니래두. 나 분명 홍선생이다. 도서실에서 책을 읽다가 깜박 잠이 들었는데, 안에 내가 있는 줄 모르구서 소사가 밖으로 문을 잠궈 버렸단 말이다."

다른 교실 같으면 복도로 통하는 유리창을 열고 빠져 나올 수도 있었으나 도서실 만은 귀한 책들이 있는데 창마다 철창으로 막아놔서 문만 잠그면 나올 수가 없는 곳이었다. 여기에 에너지 선생이 갇혀 가지고는 창문을 열어 잡고 누가 그 앞을 지나가 주기를 기다리다가, 마침 우리 아버지를 만나게 되었던 것이다.

"믿을 수 없다. 귀신 도깨비를 어떻게 믿니?"

"내 얼굴을 봐라, 홍선생인가 아닌가를."

"귀신 도깨비는 사람의 탈을 잘 쓴다니까 알 수가 없어. 무슨 증거가 있기 전에는."

"증거가 될 만한 걸 따루 가지구 있지 않다."

"그러문 하는 수 없어. 내일 아침에 우리 몇이서 몽둥일 가지구 널 잡으러 갈테니 그리 알아라."

아버지가 그 자리를 떠나려고 하니까 에너지 선생은 울음 섞인 소리로 애원하기를 마지않는다.

"밤에는 '스팀'이 안 올라오니까 나 얼어 죽기 쉽다."

"귀신 도깨비 쯤 얼어 죽으문 어때. 네가 분명 홍선생님이래문 별명을 알구 있을테지? 별명을 알아맞히문 소사를 불러다가 문을 열어 주겠다."

"안다."
"뭐냐?"
"덜, 덜렁 대감."
"네? 아이구 실례했습니다. 별명을 아시는 걸 보문 귀신 도깨비가 아니라 분명 홍선생님이시군요, 잠깐 기다리십시오."

실험용 환자

 그 이튿날도 송지 누나와 나는 왕십리 미나의 집으로 왕진을 갔다. 그 다음 날도 그렇게 했다. 누나는 주사 놓는 것이 아주 재미가 있는지 여러 가지 값진 약을 사가지고 계속 며칠을 다니면서 열심히 치료를 해주었다. 더운데 참으로 수고스러운 이야기다. 이제는 주사 놓는 솜씨도 익숙해져서 처음처럼 덜덜 떨지도 않는다. 그러나 내가 꼬박이 지켜 앉아서 보는 앞이라 제 마음대로 안 되고 거추장스럽기도 한 모양이었다. 그래서 하루는,
 "수동아, 넌 따라 다닐 거 없다. 나 혼자서두 넉넉하니까."
 하고 따돌릴 기세를 보인다. 하지만 그렇게 하면 나로서는 아무 의미도 없어진다. 실상 요사이는 누나를 따라가서 미나를 만나보는 재미에 산다고 해도 과언이 아닐 지경인데, 나를 떼어 버리다니 어디 될 법이나 한 말인가. 나는 물론 반대하고 싶었으나 이만저만한 말로는 안 되겠기에 한마디 따끔하게 침을 놓았다.
 "내가 같이 다니는 건 안심이 안돼서 그러는 거야, 참관인

이 있어야 하니까."

"수동아, 너 나를 안 믿니?"

"누나를 안 믿는 게 아니라 기술을 덜 믿어."

"어머, 너 못 하는 말이 다 없구나. 미나가 그 사이 얼마나 많이 건강해졌나 봐라. 그게 무엇보다두 증거가 아니니?"

"그럼 뭐 그렇게 열심히 주사를 놓았는데두 더 나빠지문 어떡하게?"

"의사라구 병을 다 고친다든? 그렇다면 병원에 댕기는 환자 중에는 죽는 사람이 하나두 없어야 하잖니?"

"미나는 아마 누나가 치료를 안 하구 가만히 버려뒀어두 이제쯤은 그만큼 나았을 거야."

"너 그런 말이 어디 있니? 나를 무시하는 거야?"

"무시하지 않아두 그렇지 뭐야. 누나의 기술이 그렇게 훌륭하대문 왜 우리 식구들은 병에만 걸리문 병원엘 찾아가지? 누나한테 치료 받지 않구, 그게 무엇보다두 증거랄 수 있어."

"그, 그래서 네가 참관한단 말이로구나."

"몇 번을 얘기해야 알아들어?"

누나는 약이 올라서 숨을 할딱할딱 몰아쉬나 할 말은 없는 모양이었다. 한참 만에야,

"미나가 싫어해서 그래."

하며 나를 노려본다.

"뭐? 내가 가는 걸 미나가 싫어한단 말이야?"

"그렇다니까."

"그럴 리 없어, 반가워하던데."

"겉으루만 반가운 체하는 거지, 진찰 받느라구 가슴을 헤치구 주사를 맞기 위해 볼기도 내놓고 해야 하는데, 네가 보는 걸 좋아할 사람이 누가 있어?"

"그럴 땐 내가 자리를 피하지 않았어?"

"그래두 그렇지, 불안하지 뭐니?"

"알았어, 그럼 내일부터는 안 갈게."

"오늘은 가구?"

"오늘은 이왕 가기루 했으니까 마지막으로 한번만 더 가보는 거지."

"그럼…… 그래."

이리하여 그날 나는 마지막으로 미나네 집을 방문하였다.

'이것이 마지막이거니…….'

하니까 얼마나 섭섭한지 알 수 없다. 나는 사진이라도 찍듯이 미나의 윤곽과 모습을 머릿속에 새겨 넣었다. 돌아오는 길에 나는 합승 안에서,

"누나."

"왜 그래."

"누나는 그런 줄 몰랐더니 슈바이처 박사 같아."

"애, 내가 왜 그런 영감쟁이하구 같니?"

"그럼, 나이팅게일."

"호호호, 네가 아무리 치켜 줘두 난 아이스크림 같은 거 안 사 준다."

누나는 아마 아이스크림 생각이 나는가 보다.

"아이스크림이래문 내가 사두 좋아."

"너 돈 있니?"

"없어."

"없으면서 뭘 산대?"

"사긴 내가 사구 돈은 누나가 내문 되잖어?"

"호호호, 원 애두."

결국 우리 남매는 아이스크림 가게로 들어가 마주 앉아서 차고도 달콤한 아이스크림의 맛을 혀끝으로 감상하였

다. 누나를 마주 보니 대견스럽고 한편 고맙기도 하였다. 블라우스가 땀에 젖어 살에 달라붙고 이마로 흘러내린 머리카락도 땀범벅이 되어 있다. 저러면서도 그 먼길을 하루도 빠짐없이 미나를 살펴주러 다니니 그 정신이 우러러 볼만하다. 이 다음에는 정말 좋은 의사가 될 것이라고 생각하면서 그래도 입으로는 딴 소리를 끄집어내었다.

"미나는 아무래도 입원을 해야겠어."

누나는 깜짝 놀란다.

"내가 정성껏 치료해 주는데 입원은 왜? 병원이 뭐 별거라든?"

"누나가 너무 수고하는 게 보기 딱해서 그래."

"원 애두, 제법 철이 난 소릴 다 하는구나. 너 아이스크림 하나 더 먹구 싶어서 그러니?"

"아니야, 누나나 더 먹을래문 먹어."

"그럼 그럴까."

누나는 야박스럽게도 하나만 더 시켜서 혼자 찰싹찰싹 핥아 먹는다. 나는 지금이 중요한 시기라 여겨 가만히 눈을 감았다. 아까부터 하나의 계획이 있었기 때문이다. 누나가 아이스크림을 다 먹을 때까지 기다려서 이야기를 해 볼 작정이다.

"누나."

"자꾸 부르지만 말구 말을 해라."

"음, 할게. ……이렇게 하면 좋을 것 같아. 미나를 병원에 입원시키지 말구 우리 집에다 입원시켰으문 어떨까?"

"우리 집에?"

"응, 그렇게 하문 누나가 먼 길을 다니지 않아두 좋구, 집에 데려다 두문 누나의 실험용으루두 안성맞춤이 아니겠어?"

이때 누나의 눈이 반짝하고 빛났다. 무슨 중대한 의논을 할때의 버릇이다.

"그거 좋겠다. 좋은 아이디어야."

"그렇지?"

"음, 집에 가서 의논해 봐야지."

"할려문 빨리 하는 게 좋을 거야."

"그래, 내 방에 있으래서 같이 있으문 그만이지."

집에 돌아온 누나가 곧 어머님의 허락을 받으려고 말을 내었으나 어머님은 반대하였다. 그런 것을 누나가 열심히 조르고 나도 간곡히 여쭈어서 결국 누나 방에 같이 있지는 않고 할멈의 방에 입원, 아니 동거하게끔 간신히 허락을 받았다. 그 다음은 차 서방이 문제였다.

"말씀은 감사하지만 몸두 성하지 않은 애를 어떻게 댁에 와 있으라구요……그건 안 됩니다요."

하고 고집스럽게 사양을 한다. 차 서방을 구슬리는 것은 내가 맡은 일이었다. 나는 차 서방을 몇 번이고 만나서 교섭을 계속하였으나 막무가내다. 이에 마지막 수단을 쓰지 않을 수가 없었다.

"차 서방 아저씨, 누나가 막 화가 났어."

"왜요?"

"모처럼 미나를 우리 집에 데려다 두구 치료를 해 주겠다는 데두 차 서방이 끝끝내 싫다는 건 누나의 기술을 믿지 않는 탓이라구 하면서 여간 섭섭해 하는 게 아니야."

"벼락을 맞지요. 원 그럴 리가. 내가 어디 싫다는 겁니까요? 너무나 황송해서 사양을 하는 것이지요."

"사양두 지나치면 외고집이 되는 거요."

이 말에 차 서방은 오랫동안 심각하게 생각하는 듯 하더니,

"그럼 며칠만 와 있게 해 봅죠."

하고 고개를 끄덕였다. 여기까지 교섭하는 데에 꼬박 사흘이 걸렸다. 미나는 나흘 만에 우리 집으로 오게 되었다.

누나는 신이 나서 본격적으로 위생복을 입고 하루에도 몇 차례씩 할멈 방으로 회진(回診)을 간다. 그러나 나는 그럴 수가 없었다. 다만 같은 지붕 밑에서 한솥 밥을 먹고 미나와 산다는 일이 흐뭇할 뿐이다.

내 마음 같아서는 집안 식구들과 함께 미나도 같이 식사를 하고 싶었다. 그러나 미나는 환자라는 처지와 운전사의 딸이라는 신분 때문에 할멈들과 함께 식모 방에서 밥을 먹

는다. 그래도 나는 만족하였다. 주발에서 밥을 한 숟가락 떠다가 입에 넣으면서도,

'이 밥이 미나의 밥주발에 담겨졌다면 미나의 입으로 들어가 그의 피가 되고 살이 되겠지.'

하는 생각에 넋을 잃고 앉았기가 일쑤였다.

미나의 주발에 담기는 밥은 내 몫으로 온 밥보다는 무척 행복할 것 같았다. 차라리 사람이 되지 말고 미나의 밥이 되어 그의 영양 노릇을 하고 싶은, 맹랑하고 부질없는 생각마저 이따금 들었다.

그러한 미나가 이제는 건강을 완전히 회복하였다.

내일이면 퇴원을 한다는…… 아니, 왕십리 집으로 돌아가기로 한 날, 나는 미나와 단둘이서만 이야기를 주고받을 기회를 얻었다.

"미나, 미나가 집으루 가문 난 심심해질 것 같애."

나는 눈물이 나려는 것을 억지로 억지로 참으면서 이렇게 말했다.

"나두야."

미나도 얼굴을 돌려 버린다.

"……앞으루는 뭘 할래? 또 차장 노릇?"

"아니 차장 노릇은 이제 지긋지긋해."

"그럼 어떡하지?"

"낮에는 어느 직장의 사환 노릇이나 하면서 야간 중학에

나 다녀봤으문 좋겠지만 그게 어디 쉽겠어?"
"음."
나는 속으로만 궁리하면서 다짐을 두었다.
'오냐, 내가 어머니를 졸라 보아야지……'
어떻게 해서든 미나의 소원을 풀어 주고 싶었다.
그 이튿날 미나가 훌렁 가 버리자 나는 세상 살아가는 맛을 완전히 잃어버렸다.

어머니의 특파원

미나의 소원이자 나의 소원이다. 그런데 그 소원이 어이없도록 쉽게 이루어졌다. 내가 어머니를 조른 탓도 있고 또 에너지 선생의 조언(助言)도 주효(奏效)했지만 그보다도 결정적인 효과는, 그 사이 미나가 우리 집에 와 있으면서 어머니께 잘 보인 데에 있다. 말하자면 그 애의 복이라 하겠다. 즉 미나는 아버지 방인 우리 회사 사장실에 사환으로 취직이 되고 저녁으로는 어엿한 여학생으로 야간 중학에 다니게 된 것이다. 남을 도와준다는 일, 좋은 일을 했다는 것이 이렇게 흐뭇한 줄을 나는 미처 몰랐었다. 미나를 적극적으로 도와주었다는데 대해서 에너지 선생은 물론, 아버지를 위시하여 온 집안 식구들의 칭찬이 자자하였지만 유독, 형 수길이만은 이 점에 대해서 견해를 달리하였다.

"미나가 기집애니까 수동이가 기를 쓰는 거지 남자였어만 봐 거들떠나 보나. 아니 기집애라두 이쁘지만 않았어두 본체두 안할 걸."

이 해석은, 물론 나 혼자서만 칭찬을 받는 게 배가 아파서 그러기도 했겠지만, 따지고 본다면 올바른 해석이다. 이렇게 되니 미담(美談)은 도리어 고약한 인상을 주게 생겼다. 그래서 나는 이러한 나쁜 인상을 효과적이게 없애기도 할 겸 떠나버린 미나 때문에 허전한 심사를, 그 애와 같은 피를 나누어 가진 사람으로 메꾸어도 볼 겸해서 이번에는 차 서방 아들 철수의 유치(誘致)운동을 맹렬히 전개하였다. 즉 철수를 공부 벗으로 집에 데려다가 같이 살면서 함께 공부를 하겠다는 것이다. 이것도 내 뜻대로 되었다. 처음에는 철수가 반대하였다고 한다.

"난 싫소. 아버지가 그 집에서 고용살이 하시는 것만두 가슴 아픈데 왜 나까지 가서 천대와 구박을 받아야 해요?"

그러나 차 서방은 열심히 아들을 타일렀다.

"천대는 왜 하구 구박은 누가 한다든? 그 댁 작은 데련님 하구 같이 놀아만 주문 되는 거다."

"노리개나 장난감으룬 더더구나 싫어요."

"누가 너더러 노리개나 장난감이 되라하던? 되려 네가 데련님을 노리개나 장난감으로 삼아 보렴. 그런 자신두 없대문 사내 자식이 아니다."

"내가 왜 자신이 없어요?"

"있으문 겁낼 거 없잖니?"

"겁은 누가 내요?"

"그럼 가겠니?"

"가라문 가지."

"그럼 가라."

이렇게 옥신각신 끝에 드디어 우리 집으로 오게 된 철수다. 훨씬 뒤에 이 말을 미나에게서 들었지만, 나는 철수에게 아무 말도 않고 그의 노리개가 되기로 혼자 힘썼을 뿐이다.

철수는 참말 좋은 애다. 고분고분하지 않은 것이 더욱 내 맘에 든다. 다만 한 가지 불만이 있다면 그는 야간이고 나는 주간이기 때문에 학교에 가느라고 서로 같이 있는 시간이 많지 않다는 점이다. 그러나 여름 방학의 소식은 우리에게 복음(福音)이 아닐 수 없었다.

방학이 되면 해마다 우리 남매는 우리 별장이 있는 K산으로 가는 풍속이 있다. 가정교사 양 선생은 벌써 방학이 되어 시골집으로 내려갔고, 큰누나도 벌써 방학이지만 작은누나, 형 그리고 내가 방학이 되기를 기다리느라고 자기 방에 들어앉아, 때때로 발바리 '히메'를 몰래 붙들어다가는 주사를 놓아가며 현재 대기 중이다.

방학이 되었다. 어머니는 아버지 시중 때문에 집에 계시고 우리 네 남매만 별장으로 가는 것이 지금까지의 전례다. 그런데 금년에는 남의 식구 셋이 붙었다. 총대장 겸 인솔자 격인 에너지 선생이 그 첫째요, 나의 공부 벗인 철수가 둘째다. 또 하나 특기할 제3의 인물이 미나였다. 평소에는 아버지가 계신 사장실에 특파원 격으로 보내 둔 미나를 이번에는 별장 특파원으로 보내는 것인지 알 수 없으나, 우리 남매는 그렇게 생각하지 않았다. 미나는 두 누나의 비서요, 철수는 형과 나의 비서라고 생각한다. 특파원이건 스파이건 비서건, 그런 것은 아무렇대도 좋다. 나는 다만 미나와 함께 별장으로 간다는 것이 마치 선녀와 함께 천당으로 가는 기분이었을 뿐이다.

산장일화(山莊逸話)

K산에 있는 우리 별장은 한국식으로 지은 집이지만 꽤 규모가 큰 건물이다. 별장 바로 뒤에는 K사(寺)라는 큰 절이 있고 앞에는 석간수(石澗水)가 소리를 내며 흘러가는 시냇물이 있었다. 시냇물 한 가운데 완월암(玩月巖)이라는 바위가 섬 모양으로 솟아 있는데, 거기에 돌미륵 하나가 우뚝 솟아 있다. 내가 어릴 때 왔을 때는 이 돌미륵이 굉장히 크게 보였더랬는데 해마다 작아지더니 이제는 아주 조그맣게 보인다. 아무리 풍화(風化) 작용이 심하다고 해도 딱딱한 돌멩이가 그렇게 쉽사리 깎일 리는 없다. 요컨대 미륵은 그냥 있고 내 몸이 자라므로 그렇게 보이는 것뿐이리라. 작년에 왔을 때 나는 이 돌미륵과 씨름을 해 보았다. 그러나 꿈쩍을 아니하므로 나는 홧김에 형이 그림을 그리려고 갖고 온 기름물감으로 미륵불 얼굴에 화장을 시키고 수염까지 그려 놓았다. 나중에 이것을 본 K사의 주지 스님이 막 화를 내었으나 미용사인 나는 잠자코 있었다. 그 화장이 말짱히 지워졌다. 비바람에 씻겼는지 스님이 세수를 시켰는지는 알 수

없으되, 이 돌미륵은 산기운을 누르면서 시내를 지키는 일을 맡고 있다고 들은 지가 오래다.

어쩌다가 아버지와 같이 오면 K의 중들이 굽신거리다가도 우리 남매끼리만 오면 여간 무섭게 굴지 않는다. 그도 그럴 것이, 아버지는 오시면 절에 시주(施主)를 하시지만 우리 남매는 중들이 싫어하는 일만 골라가면서 하기 때문이다.

이번만 해도 그렇다. 불고기를 요리하느라고 연신 냄새를 피우니 중들이 좋아할 리 없다. 또 에너지 선생은 술을 마시고 우리들은 닭을 튀긴다며 털이나 내장을 뽑아 시냇물에 흘려 보내고 쁘드득거리는 닭을 돌미륵 앞에서 씻어대기가 일쑤다. 살생을 금기(禁忌)로 하는 절의 풍속으로 볼 때 세상에 이런 일도 있겠는가. 그래도 이것은 또 나은 편이다. 송지 누나는 개구리를 잡아다가 해부를 한답시고 하루에 몇 마리씩 개복수술(開腹手術)을 한다. 매지 누나는 학교 숙제로 곤충채집(昆蟲採集)을 한다면서 짱아채로 잠자리·나비·매미 할 것 없이 마구 잡아서는 잔등에 바늘을 꽂아서 육포(肉脯) 말리듯이 그늘에 널어놓는다.

그러다가 실수해서 벌레의 수염이나 발이 떨어진 놈은 또 큰누나가 가져다가 해부를 한다. 우리 큰누나는 사람이 아닌 생물은 벌레건 짐승이건 가릴 것 없이 일단 칼로 내장을 잘라 보는 습성이 있다. 속담에 벼룩의 간을 낸다는 말이 있거니와 우리 누나에게 잡히는 벼룩은 정말 간을 조심해

야 하겠다. 앞으로 의사가 되는 날에는 사람도 물론 조심해야 한다. 지금도 미나만 보면,
"우리 주사 한대 맞을까?"
하기가 보통이다. 주사 놓는 것을 한턱 내는 셈으로 아는 모양이다.

그러면 나는 또 어떠한가. 고무총으로 새를 쏘아 잡고 낚시로 고기를 낚아 낸다. 그것이 잘 안 되어서 화가 날 때에는 잠자리를 잡아서 꽁지를 끊고 그 구멍에다가 풀 잎사귀 꼬챙이를 꽂아서 날려 보낸다. 옛날에 죄를 짓고 귀양 가는 사람은 항문에 말뚝을 박고 갔다고 하는데, 고기나 새가 안 잡히는 책임을 잠자리에게 돌려서 그 죄로 화풀이 삼아 잠자리를 귀양길로 떠나보내는 것이었다.

어쩌다가 이것을 본 중이 우리 보고 뭐라고 하지는 못하고 다만 손을 모아 합장을 하면서, "나무아미타불 관세음보살"을 외고 지나가곤 한다.

다만 형 수길이만은 나무 그늘에 말없이 앉아서 그림만 그리고 있으니 중들에게는 인기가 있었다. 중들에게 인기가 있는 것이야 상관 있으랴마는, 미나에게까지 인기가 높은 것은 안타까운 일이다. 철수와 나는 수영복을 입었다지만 거의 벌거벗고 돌아다니는데 형은 옷을 단정히 입고 앉아 조용히 그림을 그리는 터라 미나가 좋아할 수밖에. 미나가 옥수수를 소쿠리에 담아들고 형이 그림 그리는 옆으로

산장일화(山莊逸話) 189

가서 같이 정답게 나누어 먹는 것을 흘림 낚시질을 하다가 먼발치에서 본 나는 화가 났다.
"철수야."
"응?"
"고기두 안 잡히는데 우리 아주 둑을 막구 물을 퍼낼까?"
"그거 좋아, 아주 고기를 다 잡아 버리자."
우리 두 벌거숭이는 별장으로 들어가 삽과 곡괭이를 가져다가 아주 본격적으로 '댐' 공사를 시작했다. 공사가 많이 진행되었을 무렵, 주지 스님이 나타났다.
"너희들 뭘 하구 있니?"
나는 엉덩이를 들고 달아날 채비를 차렸다. 어렸을 때부터 이 스님이 무서웠기 때문인데 철수는 태연자약이다.
"보문 모르세요? 일일이 설명을 해야 아세요?"
"둑을 막고 고기를 건져 내려구 그러지?"
"잘 아시는군요. 아시면서 뭘 그러세요?"
"이 녀석들아, 살아 있는 것을 그렇게 죽이면 못 써."
"괴로운 세상에서 살게 하기보다는 차라리 극락으로 빨리 보내려구요."
"원, 저런 녀석."
스님은 당신이 중이라는 것은 잊어버린 양 화를 머리털 끝까지 내신다. 아니, 이것은 거짓말이다. 중이니까 머리털은 없다. 어쨌든 노발대발하는 기세에 철수도 하는 수가 없었

던지,

"도루 허물문 되잖아요?"

하면서 모처럼 쌓아 올린 둑을 슬슬 무너뜨리는 것이다. 나는 아까운 생각이 들었다. 모처럼 수고를 했는데 허사로 돌아갔다. 스님이 얼른 들어가 주었으면 공사를 또 계속하겠는데 짓궂게도 끝까지 지켜보고 섰으니 어쩔 것이랴. 공든 탑은 드디어 무너지고야 말았다.

스님이 들어가자 나는 이 화풀이를 어디다 대고 했으면 좋을까 생각하다가 마침내 크게 뜬 눈으로 돌미륵을 쩨려 보았다.

'오냐, 내가 금년에는 저것을······.'

나는 레슬링 선수 모양 돌미륵을 발길로 걷어찼다. 돌미륵이 꿈쩍도 아니하는 대신 발바닥이 아프다. 그러나 참고 이번에는 '태클'을 하였다. 씩씩거리며 힘을 주니까 돌미륵 밑둥이 조금 흔들린다.

"야, 움직였다."

작년에는 꼼짝도 안 했는데 금년에는 이렇게 흔들리는 것을 보면 그사이 일년 동안에 내 기운이 그만큼 세어진 것이 분명하다. 나는 더욱 힘을 주었으나 이번은 마음대로 안 된다. 철수가 딱하였든지 보다 못해,

"나하구 교대할까?"

한다.

"약 올리지 마, 나 혼자서도 넉넉해."

죽을 힘을 다하여 밀어 붙였으나 요지부동이다. 화가 난 나는 곡괭이를 들고 와서 돌미륵의 얼굴을 갈겼다.

"쨍!"

하는 소리와 함께 미륵불의 어깨 쪽이 떨어졌다. 다음엔 곡괭이를 밑에 난 틈에다 넣고 기운껏 잡아 젖혔다. 동시에 기우뚱하는 미륵불…….

자신이 생긴 나는 곡괭이를 내동댕이치고 덤벼들어 미륵불을 잡아 넘겼다.

"하하하, 성공!"

"하하하, 축하!"

우리는 함성을 올리며 박수를 쳤다. 이 소리에 형 수길이가 달려 왔다.

"수동아, 너 어쩌려구 그래?"

"뭘?"

"벌 받는다."

"벌은 무슨 벌이야."

"아니 받어?"

"그런 게 다 미신이야."

"지렁이두 벌을 주는데 돌부처가 가만 있을 듯 싶니?"

"버러지가 무슨 벌을 줘."

"준다. 지렁이에게 오줌을 누어 봐라. 꼬추가 통통 부어오른다. 지렁이를 물루 깨끗이 씻어 주고 나서 잘못했다구 빌문 곧 낫지만 말야. 그게 벌이 아니문 뭐니?"

"그건 지렁이를 씻어 주지 않아두 낫게 마련이야. 지렁이가 내는 독에 중독되는 거 뿐이거든. 허니까 그건 벌이 아니라 일종의 화학작용이지. 그거 우리 벌써 그저께 실험해 봤어. 그렇지? 철수야."

"응."

형은 눈알을 뒤룩뒤룩 굴리다가,

"돌미륵은 지렁이하구 다르다. 천벌을 내리구야 말거야."

"천벌이 무슨, 에이, 돌미륵아, 천벌은 내가 내릴테니 봐라."

하며 나는 넘어진 돌미륵을 발길로 차면서 소변을 갈겼다.

"나두 해야겠는데."

하며 철수도 수영복을 끌어 내렸으나 공교롭게도 액체가 품절(品切)이라,

"잠깐만 기다려줘."

예약을 했다가 나중에 목적을 달성했다. 그러고는 내가 앞장을 서서 별장으로 뛰어 들어가며,

"큰누나, 시냇물에 부상을 당해서 쓰러진 사람이 있는데 치료해 줘."

하고 외쳤다. 마침 개구리 해부를 하고 있던 송지 누나가,

"그래? 가자."

하며 약통과 주사기를 빼어들고 달려 나왔다.

"어디 있어? 부상자가."

"거기, 그 돌미륵."

"뭐?"

"하하하, 아무리 주사 놓기를 좋아해두 아마 바늘이 잘 안 들어갈걸."

이때 저만치서 주지 스님이 달려온다. 누가 고자질을 한 모양인지 화가 잔뜩 난 모양이다. 우리는 별장으로 달아났으나 중은 별장 안까지 따라 들어왔다.

"이놈들, 나와. 이리 썩 나와."

이것이 천벌인지도 모른다. 내가 겁이 나서 쩔쩔맬 때 마침 약주를 자시고 계시던 에너지 선생이 쑥 나섰다.

"여기가 어디라고 더러운 욕을 하노."

고함소리가 큰 것으로 보아 일전(一戰)을 불사할 기세다. 형이 에너지 선생을 붙들고 가느다란 소리로,

"선생님, 중하고 싸우시면 안되십니다. 《옹고집》 이야기 아시지요?"

결국 돌미륵은 다시 세워 주기로 하고 주지 스님은 그냥 돌아갔다.

이날 나는 미나의 관심을 모아 보려고 그가 보는 앞에서 재주를 몇번이고 넘다가 '타이밍'이 맞지 않아 날카로운 돌 뿌리에 무릎과 배가 까져서 피를 흘렸다. 송지 누나는 옳다구나 하여 주사를 놓으려 들었고, 형 수길이는 천벌을 받았

다고 고소해 했다. 천벌이래도 좋다. 나는 즐겁다. 미나 보고,

"참외[眞瓜]나 먹어 볼까?"

하는 농담을 해도 노여움을 타지 않을만큼 친해진 탓이다.

그런데 이것이 정말 천벌인가, 무릎의 상처는 오래 지나도 잘 낫지를 않았다.

승속혈투(僧俗血鬪)

 산장에서 노는 일도 따분해서 못 견디겠다. 미나와 같이 있지만 않다면 벌써 서울로 달아났을 나다. 미나가 있기 때문에 그럭저럭 참아온 산장의 생활이건만 이제는 정말로 심심하고 갑갑하다.
 그것도 미나와 줄곧 같이 있는 것이라면 또 모르겠는데 그렇지가 못한 것은 안타까운 일이다. 철수는 남의 속도 모르고 되도록이면 미나를 멀리 쫓아버리려고 한다. 그도 그럴 것이, 철수에게는 누이동생이니까 그가 보는 앞에서 여러 가지 장난을 하기에는 아무래도 불편을 느끼는 모양이다.
 "미나야, 넌 무슨 애가 사내들 노는 데만 졸졸 따라 다니니?"
 이런 말로 사정없이 윽박질러서 쫓아버릴 때는 내 가슴이 다 아프다.
 "왜 그러니? 미나가 있으문 어때서 그래?"
 내가 미나를 위해서 이렇게 변명해 줄라치면 철수는,

"기집애하구 놀문 배꼽 떨어진다."

나는 무심코 배꼽을 굽어 보았으나 떨어지려는 기미가 보이지 않는다.

설사 떨어지면 또 어떻단 말이냐. 사람의 몸뚱이 중에서 전혀 필요두 없는 배꼽쯤 떨어져 본대두 겁날 게 무엇이냐 말이다.

미나와 정답게 놀기 위해서라면 언제든지 이까짓 배꼽쯤 희생시켜도 아까울 것이 없겠다고 스스로 다짐하였다.

그러나 철수는 나하고 생각이 엄청나게 달랐다. 그는 소용도 없는 배꼽이 몹시도 소중한 모양이었다. 그러기에 미나가 나타나기만 하면 질겁하는 것이 아닐까. 이리하여 미나와 접촉하는 시간이 거의 없게 되었다. 따라서 생활이 따분해진 것이다. 변화가 그립다. 자극이 아쉽다. 무슨 돌발사건이라도 생겨나지 않으면 오금이 쑤시고 뼈마디가 틀어져서 못 살 지경이다.

이 고민을 물리치기 위해 고안해 낸 것이, 절에서 기르는 고양이를 사냥하는 일이었다. 이 계획을 내가 먼저 생각해서 철수에게 의논하였더니 철수도 전적으로 찬성이었다.

"좋다. 보복을 해 줘야지."

돌미륵 타도 사건 때문에 주지 스님에게서 욕을 본 우리라 보복이라는 공동 목표 아래 의견은 곧 일치되었다.

그는 다시 핏대를 올리더니,

"절에서 고양이를 기른다는 일 자체가 돼먹지 않았어. 고양이는 원래가 쥐를 잡는 게 목적인데 살생을 엄금하는 절간에서 잔인하게두 고양이를 길렀다가 쥐를 잡게 하려는 생각이 부처님의 도리에 어긋난단 말이다."

철수는 '부처님의 도리'까지 동원해서 고양이 사냥이 부득이하다는 점을 역설한다.

"방침은 섰는데 방법이 문제다. 어떻게 잡지?"
"낚시루 잡자."
"잘 걸릴까?"
"안 걸리문 때려잡지."
"몽둥이루?"
"음, 그래두 안될 땐 고무총으루 쏘아서 잡자."
"절에서 알문 법석이 나겠지?"
"물론이야. 알리긴 알려야 해. 고기는 튀김 요리를 해먹구 가죽은 벗겨서 절간 앞에 서 있는 느티나무 가지에 널어서 말린단 말이다. 그렇게 하문 저희들두 장님이 아닌 담에야 볼 게 아니겠니?"
"고양이 고기루 튀김 요리를 한다고?"
"못 할 거 없어."
"먹을 자신 있니?"
"없어."
"그럼 누가 먹게?"

"미나에게 먹인다."

"그건 반대다."

"어째서. 모르구 먹으문 약이 된다."

"그럴 것 없이 고양이를 잡아다가 혼만 좀 내주자."

"왜. 그럼 이렇게 하자. 송지 누나보구 해부를 하라구."

"아무리 냉철한 과학자라지만 고양이 해부는 못 할걸."

"그럼 주사 만이라두 놓으라지."

"그건 환영할지 물라."

"어쨌든 잡아오구 볼 판이다."

"죽이지 않는다구 약속해야 한다."

"너, 왜 갑자기 마음이 약해졌니?"

나는 약해진 것이 아니라, 다만 고양이 고기를 미나에게 속여서 먹이겠다는 말에 그만 정이 똑 떨어진 것이다. 하지만 그렇다고는 할 수가 없어서,

"약해진 게 아니구 말이야, 고양이는 죽어두 꼭 원수를 갚는다고 하지않니?"

"그거 다 미신이야. 그 말이 무서워서 못해?"

"무서울 건 없지만 기분이 나쁘다."

"그런 건 나중에 정하기루 하구 우선 가서 잡아 오자."

"좋다."

우리는 용약 K사로 향하였다. 여기서 참고삼아 말해 둘 것은, 절에서 기르는 이 '나비'라는 고양이는 의뭉스럽고 내

숭스러운 늙은 놈이 아니라 명랑하게 까부는 아직 어린 고양이다. 고양이를 보자 나는 죄스러운 마음이 들었다.
'저렇게 천진난만한 것을 가지고 튀김을 해먹을 의논을 하다니.'
힐끗 쳐다본 철수의 얼굴은 야차(夜叉)와 다름없어 보인다. 철수는 살기등등한 눈으로 고양이를 노려보며,
"나비야 쥐 잡아 주랴, 나비야 쥐 잡아 주랴."
하면서 유도작전을 쓰지마는 고양이는 가까이 오려고 하지 않는다. 철수는 진력이 났던지,
"안 되겠다. 때려잡는 길 밖에 없겠어, 내가 고무총으루 쏠게 네가 몽둥이루 갈겨."하며 이를 악문다.
"때려 잡으문 죽거나 병신이 될 게 아니니? 그러지 말구 꾀를 써서 잡는 게 좋겠다."
나는 여러 말로 달래어 철수를 데리고 간신히 산장으로 돌아 왔다. 쥐를 한 마리 잡아가지고 그것을 미끼로 해서 유인해 오려는 것인데 쥐도 구하려니까 잘 되지가 않아 나는 철망 속에 들어 있는 다람쥐를 들고, 철수는 쌀자루를 가지고 우리는 다시 절간으로 갔다.
이번에는 성공이었다. 내가 다람쥐로 어르자 달려온 고양이를 철수가 자루로 덮어 씌워서 무난히 체포하는데 성공하였다. 그러나 "야옹 야옹" 하는 소리에 동승(童僧) 하나가 눈치를 채고 쫓아온 것은 천려일실(千慮一失)이라고나

할까.

우리는 혼비백산해서 산장으로 돌아왔다, 이제는 더 지체할 수 없다. 빨리 혼을 내서 쫓아 보낼 수밖에 없다고 생각한 끝에,

"철수야, 너 누나 방에 가서 주사기 하나 몰래 가져 오너라."

"그건 뭘 하게?"

"글세, 가져 오래문 가져 오기나해."

"음."

철수가 주사기를 가지러 간 사이에 나는 에너지 선생의 방으로 갔다. 소주병을 훔쳐 오기 위해서다. 형은 사생(寫生)하러 나가서 없고 누나들은 미나를 데리고 목욕하러 나갔는 데다가, 에너지 선생은 술에 대취하여 낮잠을 주무시는 터라 일을 하기에는 아주 안성맞춤이었다.

철수와 내가 고양이를 둔 방으로 온 것과, 동승의 새파랗게 깎은 머리가 산장울타리 안으로 들어선 것은 거의 동시의 일이었다.

"고양이 내 놔."

동승의 토라진 음성에 나는 시침을 뚝 땠다.

"고양이가 웬 고양이야?"

"우리 절의 고양이 말이지."

"고양이가 어디 있어?"

"거기 있잖아?"
"이건 고양이가 아니라 쌀자루야."
"그 속에 든 게 고양이 아니문 뭐야?"
"아니야."
"열어 봐."
"싫어."
이렇게 아귀다툼을 하고 있을 때 자루 안의 고양이가,
"야옹."
하고 울었다.
"그것 봐."
이제는 더 감출래야 감출 수 없게 되었다. 이미 정당한 주장만으로는 승산이 없다고 생각한 철수가 동승을 향해 버럭 고함을 질렀다.
"요 자식아, 아니래문 아닌 줄 알지 웬 잔소리야?"
동승은 귀엽게 생긴 얼굴이 울상이 되어 가지고,
"지금 고양이가 울지 않았냐 말야. 분명히 들었어."
하며 한걸음 다가선다.
"네가 잘못 들은 거야. 귀가 고장난 걸 가지구 왜 생트집이야. 얻어맞지 않겠으문 빨리 가."
철수가 정말로 때릴 듯이 덤벼드니까 동승은 꽁지가 빠지게 달아나버렸다. 이제는 우리 세상, 이제는 마음놓고 계획을 추진시킬 수 있었다. 그러나 철수는 나의 계획을 잘 모른다.

"고양이에게 주사를 놓을려구 그러니?"

"음."

"약은 무슨 약으루?"

"약 대신에 소주를 주사한다."

"괜찮을까?"

"괜찮을 테니 봐."

나는 주사 바늘을 소주병에 담가서 한통 가득히 술을 넣어 놓았다. 이로써 준비가 다 된 셈이다.

"철수야, 고양이를 꺼내."

"내놓으문 달아날 걸."

"그럴는지두 몰라. 그럼 자루 채 잡아메구 꺼낼까?"

"할퀴거나 물거나 할 거야. 요놈이 약이 바짝 올랐으니까."

"그럼 이렇게 하자. 자루에 넣은 채 밖에서 주사를 놓자."

"그게 좋겠다."

"그럼 꼭 붙잡구 있어."

"음."

주사는 시작되었다. 곤충 채집을 할 때 알콜 주사를 놓은 경험은 있어도 고양이에게 소주 주사를 놓기는 이번이 처음이다. 나는 자루를 더듬어서 볼기짝을 찾아내어 창으로 찌르듯이 주사바늘을 푹 꽂았다.

"깽."

아니, 강아지가 아니니까,

"야옹."

하였다. 주사를 맞은 고양이가 잠시 동안은 몸부림을 치더니 이내 축 늘어져 버렸다.

"죽은 거 아니야?"

"아닐 거야. 자, 이젠 꺼내 보자."

"음."

자루에서 나온 고양이는 술에 취한 모양이다. 만일에 고양이가 말을 할 줄 알았다면 술주정이 나올 것 같다. 고양이는 익살스럽게 비틀거리며,

"야옹 야옹."

소리를 지르면서 절이 있는 쪽으로 간다.

"하하하, 재미있다."

"이쯤 했으문 주지 스님에게 보복은 한 셈이구."

우리가 기분 좋게 웃고 있을 때 아까 달아났던 동승이 다른 동승 둘을 데리고 셋이서 나타났다.

"고양이 내 놔."

그들은 2대 3이라 숫자를 믿고 기세가 제법 당당하다.

"고양이 몰라."

내가 잡아떼었다.

"안 내놓으문 재미없을 테니 그리 알아."

이에 철수가 빙긋 웃더니,

"고양이라니까 생각이 나는데, 지금 도둑괭이 같은 거 한 마리가 술이 취해 가지구 배틀거리면서 이 앞을 지나 절간 쪽으루 가는 걸 봤는데."

"뭐라구? 이 자식."

셋 중에서 키가 제일 큰, 여드름투성이의 동승 하나가 썩 앞으로 나서자마자 주먹으로 철수의 가슴팍을 떠다민다. 멍청히 섰다가 갑자기 당한 일이라 철수는 본의 아니게도 뒤로 넘어지면서 엉덩방아를 찧었다. 동시에 철수의 눈에는 쌍심지가 섰다.

"야, 이 자식이 사람을 친다."

넘어졌던 철수가 천천히 일어나면서 여드름쟁이에게 뛰어들며 전신으로 부딪혔다.

"윽."

이번에는 키다리 여드름쟁이가 배를 움켜쥐며 수그리는 것을 한 손으로 덜미를 짚으며 무르팍 찜을 먹인 것이다.

"악."

코피가 터졌다. 그 다음에는 난장판이 벌어졌다. 2대 3으로 어울려서 치고 차고 받고 할퀴고…….

중도 속인(俗人)도 없다. 이렇게 되니 인간 대 인간의 싸움이었다. 이러기를 몇분 간이나 계속했는지 모른다. 양편이 다 지쳐서 머쓱하게 물러났을 때 싸움은 이미 끝이 났다. 피해는 쌍방에 다 있었는데 그래도 우리는 멀쩡하고 중상

승속혈투(僧俗血鬪) 205

자는 동승 쪽에 있었다. 이 소란 통에 주무시던 에너지 선생과 목욕하던 송지 누나가 달려 왔다.

"원 저런."

송지 누나는 벌써 전쟁터에 종군한 의무관 모양, 약이 든 상자를 꺼내 들고 와서 민첩한 솜씨로 부상자 치료에 종사하고 있다.

"으하하……."

야단을 맞지 않나 하여 걱정을 했더랬는데, 에너지 선생은 의외로 호걸풍의 너털웃음을 웃고 계시다.

"임진왜란 때 같구나. 승병(僧兵)과 의병(義兵)이 싸워?"

한마디 하시고는 그 통방울 같은 무시무시한 눈으로 동승 쪽을 노려보시면서

"쓸개 빠진 것들. 그래, 세 놈이 두 녀석을 못 당해?"하고 꾸중이시다. 흠씬 얻어맞고 꾸중까지 듣게 되니 중들 편에서는 기가 막힐 일이나 우리는 통쾌하기 짝이 없다.

"썩 가거라. 보기두 싫다."

동승들은 하릴없이 상처를 어루만지며 쭈빗쭈빗 물러갔다.

그들의 모습이 멀어지기를 기다려서 에너지 선생은,

"너희들 듣거라."

하며 우리 쪽으로 돌아 서셨다.

"중에게 손찌검하는 놈 어디서 보았니?"

이번에는 우리가 야단맞는 차례로구나 싶어서 고개를 숙이고 있으려니까,

"싸우는 건 나쁜 일이야. 후레자식들이나 하는 짓이다."

하고 발을 한번 구르신다. 철수가 억울하다는 듯이,

"그렇지만 손찌검은 그 애들이 먼저 했습니다."

하고 변명하였다.

"내가 모를 줄 알구?"

"선생님은 주무시느라구 못 보셨습니다."

"말이 되니? 난 자면서두 다 안다. 절에서 기르는 고양이를 잡아다가 내가 아끼구 아끼는 소주루 주사를 놓은 건 누군데?"

'어렵쇼.'

우리는 할 말이 없었다. 그러나 에너지 선생은 워낙 큰 입을 더 크게 열면서 빙긋 웃고 나서,

"허지만 이왕에 하기루 작정을 했으문 이겨야지 지문 못 쓴다. 싸우는 것두 나쁜데 지기까지 하문 2중 3중으루 나쁜 거야. 알았니?"

"알았습니다."

"하하하, 육식(肉食)을 하는 너희 둘이서 초식(草食)하는 아기 중 셋을 넙치가 되두룩 때려 주는 걸 보문, 고기가 얼마나 사람의 기운을 돕는지 몰라. 그런 의미에서 암탉 한 마리 잡아 먹기루 하자. 송지야!"

에너지 선생이 닭을 잡자면서 송지 누나를 부른 데는 깊은 뜻이 있다.

"네."

"너 닭 한 마리 해부해 봐라. 그러구 나서 버려야 할 껍데기는 폐물 이용 삼아 찜을 해서 후딱 먹어 버리자."

"호호호, 그러죠."

마당으로 돌아다니는 닭을 잡느라고 우리가 팔을 벌리고 돌아갈 때 노발이 충천한 K사의 주지 스님이 고리쇠 소리도 요란하게 석장(錫杖)을 휘두르며 뜰 안에 들어섰다.

"요 녀석들, 이리 썩 나서거라."

늙은이답지 않은 우렁찬 음성이었다. 이 광경을 본 에너지 선생이 당장 잡아먹을 듯이 눈을 부릅뜨셨다.

"요 녀석들이라니, 누구누구를 말하는 거야?"

하도 당당한 기백에 약간 눌린 양 스님 편이 찔끔하였다.

"이 두 녀석 말이야."

"나두 있는 자리에 '요녀석들'이라구 통틀어서 말하문 나까지 포함시킨 게 아니라구?"

"한몫 끼어 들었대두 하는 수 없지."

"뭣이라구?"

에너지 선생의 주먹이 허공에서 부르릉 떨었다. 그것이 내려올 때는 그저 내려올 기세가 아니다. 때리거나 쥐어지르지 않고는 말지 않을 위험한 주먹이다.

이에 나는 얼른 주먹 아래로 뛰어 들어가 선생의 팔을 붙들었다. 군살이 없는, 뼈대가 굵은 팔에는 핏줄이 불끈 솟아나 꿈틀거리고 있다.

"선생님, 참으세요, 저희가 잘못한 일인걸요."

"잘못이야 누가 했건 그건 이미 지나간 일이구, 이 자는 지금 당장 잘못을 하구 있으니 그냥 둘 수 없다."

이렇게 해서 싸움을 가로막고 나서니 주지 스님의 화살은 자연 에너지 선생에게로 쏠릴 수밖에.

"아이들 싸움에 어른이 왜 나서누."

"그건 누가 할 말인지 몰라, 아이들 싸움이라지만 아이들이 자라서 어른이 되는 거지 어른이 별 건감."

"그럼 묻겠는데, 우리 절의 아이들을 어째 때렸다지?"

"때린 건 누군지 몰라. 맞은 건 우리 아이들이야."

"말두 안 되는 소리. 우리 애들은 몹시 다쳤지만 이 집 애들은 멀쩡하구먼."

"그럼 다쳤어야 속이 시원하겠어? 겉으루 성한 것만 알구 속으로 골병든 건 모르는 모양이군."

"속으루 골병이 들었단 말인감?"

"물론이야. 생각좀 해봐. 같은 나이 또래가 둘하고 셋이 싸웠대문 어느 편이 더 맞았겠어? 그나마 우리 아이들이 찾아가서 한 싸움이래문 또 몰라, 저희가 셋씩 넷씩 작당을 해 가지구 남의 집 안뜰에까지 들어와 싸움을 걸었는데 고것쯤 맞은 게 뭐가 원통하다구. 게다가 우리 집엔 의사가 있어 가지구 약까지 써줬으문 고맙게 알 일이지 무슨 잔소리. 썩 가지 못할까. 아직두 못가?"

현하(懸河)의 열변이다. 일사천리(一瀉千里) 일기가성(一氣呵成)으로 쏟아 놓는 말에 주지 스님은 더 말을 못하고 눈만 데룩데룩, 입만 멍긋멍긋하다가 겨우,

"요 녀석들, 다시 절 근처에 어정거려만 해 봐라. 붙잡히는 날에는 가만두지 않을 테니." 하는 한마디를 남겨 놓고 무료히 돌아가 버렸다.

스님이 돌아간 후 나는 에너지 선생께 죄송한 마음이 들었으나 철수는 그렇지도 않은 듯 선생께 얘기를 건네었다.

"선생님, 참 잘두 하시네요."

"싸움 말이냐? 그야 명수지. 내가 일찍이 싸움을 해서 누구에게 져본 일이라고는 한 번두 없다."

"우리 보구는 중을 때렸다구 나무라시면서 선생님은 그렇게두 마구 하세요."

이번에는 내가 이렇게 여쭈었더니,

"내가 언제 때리더냐."

"때리려구 하시지 않았어요?"

"때린 거 하구 때리려구 한 거 하구는 큰 차이가 있다. 때렸더라두 상대방에게 닿지 않았으문 그건 때린 게 아니야."

"사태가 조금만 더 악화됐으문 때리셨을 게 아닙니까?"

"알지두 못하면서 그런 지레짐작은 말아라. 나는 결단코 먼저 손찌검은 안한다. 적수가 먼저 완력 행사를 한다면 그 때는 나두 완력으로 대적할 것이지만 그 전에는 손을 안 대."

"선생님은 역시 수가 세시군요."

"그야 단(段)이 높지. 그래서 선생님이 아니냐."

에너지 선생은 신이 나서 말을 계속하신다.

"옛날에는 경우에 닿건 안 닿건 주먹만 센 놈이 장땡이었지만 요새 세상에서는 그렇지가 않아. 뚝심두 소중하지만 조금 얻어 맞았더라두 돌아서서 구경꾼에게 자기 생각을 잘 설명해서 공명(共鳴)을 많이 얻는 편이 결국은 이기는 거다. 말하자면 전자(前者)는 독재(獨裁)구, 후자(後者)는 민주주의지. 민주주의 방법으로 이기려면 다수의 찬성을 얻어야한다는 말이지. 그러기 위해서는 먼저 손찌검을 해서는 안 된다는 거야. 알아 들었나?"

"네."

"싸움은 할듯 하면서 안하구 이기는 게 현명한 거다. 오늘날 세계정세와 극동 풍운을 봐두 모두 다 그런 이치다."

싸움이 나쁘다고 주장하던 말은 어디론가 쑥 들어가 버리고 이번에는 싸움의 요령을 강의한 끝에 세계정세와 극동 풍운으로까지 화제가 비약하였다.

"그럼 스님이 먼저 손찌검을 했다면 선생님두 마주 덤비셨을 게 아닙니까?"

"그야 물론이지. 그게 민주주의 방식이라니까. 대의명분이 서는 싸움이라면 그까짓 주지승 같은 거 단매에 때려잡는다."

"수양을 많이 쌓은, 덕이 높은 스님을 때려두 좋습니까?"

"그 말엔 모순이 있다. 나는 마치 수양을 쌓지 못한 덕이 낮은 사람이란 말처럼 들리는 구나."

"그런 뜻이 아닙니다. 저편은 거룩한 중이구 선생님은……."

"나는 거룩한 교육자다."

"그러니까 다르다는 말입니다."

"허니까 저쪽은 승려니까 성직자란 말이지?"

"그렇습니다."

"너희들이 아직 세상을 몰라서 그런다. 성직자두 결국은 인간이다. 내 제자 중에는 시험 때 커닝을 하다가 들켜서 혼이 난 학생이 지금에 와서는 판사(判事)가 되구 목사가 된 예가 얼마든지 있어."

"커닝을 했어두 그 뒤에 뉘우쳐서 좋은 사람이 될 수두 있지 않습니까."

"물론 있지. 허지만 사람은 뉘우치는 조화를 부리는 대신 뉘우친 걸 또 뉘우치는 재주두 피울 줄 아는 동물이다. 지금 그 중이 너희들에게 앙갚음을 하겠다구 온 게 그 좋은 본보기야. 아, 얘기를 하다 보니 시장하구나. 닭 잡으려던 건 어떻게 됐니? 빨리 잡아서 고양이에게 주사 놓다가 남은 소주를 그걸 안주로 해서 한잔 마셔야겠다. 이를테면 싸움에 이긴 축배지. 하하하……."

시담회(試膽會)

 이날부터 나하고 철수는 K사 근처에는 잘 가지 못하였다. 절 근처 뿐 아니라 되도록이면 산장 울타리 안에서 뱅뱅 돌 뿐 문밖에도 잘 나서지 못한다. 왜냐하면 형 수길이가 알아 온 정보에 의하면, K사의 젊은 중들이 분개해서 우리를 혼내 주려고 벼른다는 말을 들었기 때문이다.
 이렇게 되니 더 갑갑해서 못 견딜 노릇이었다. 그렇다고 서울로 가자고 주장할 수도 없는 상황이었다. 누가 보아도 대뜸 달아나는 것으로 알겠기 때문이다.
 이럴 무렵 에너지 선생이 우리 속을 꿰뚫어 보시고 이런 말씀을 하셨다.
 "너희들 왜 요새 방구석에만 처박혀 있니?"
 "나가구 싶지가 않아서요."
 "거짓말 말아라. 절의 젊은 중들이 무서워서 못나가는 거지."
 "아, 아닙니다."
 "그래? 허면 절에 좀 가 보겠니?"

"가, 가두 좋습니다."

"허지만 볼일두 없이 그저 가는 것두 싱거운 짓이니까 이 기회에 너희들이 얼마나 대담한가 시험해 보기루 하자."

"좋습니다. 어떻게 합니까?"

"어떻게 하는고 하니 말이다. 오늘밤 자정을 기해서 너희 중의 누구 하나가 먼저 법당 안에 들어가서 이 오원짜리 동전 한 닢을 석가여래 손바닥에 놓고 나온다."

"알았습니다. 다음엔 그러고 나서 다른 사람이 가서 다시 집어 오라시는 거지요?"

"그랴. 해볼 자신이 있니?"

"하겠습니다."

"좋다. 그럼 오늘은 자정이 넘을 때까지 잠을 자면 안 된다."

"알았습니다."

그날 밤이었다. 자정이 가까워 오는 것이 못내 겁이 났다. 달도 없는 캄캄한 밤하늘에 비는 왜 또 가슴이 섬찍하게 부슬부슬 내리는 걸까.

나는 공연한 장담을 했다고 이내 후회가 되었으나 이제 와서 취소할 수도 없는 형편이다. 식구들이 다 잠을 자지 않고 이 흥미진진한 시담회를 구경하고 있으니 체면상 위신상 어찌 안 한달 수가 있겠는가.

더구나 미나까지 잠을 안 자고 있는 이 마당임에랴.

생각하면 가슴이 뭉클거리고 이마에서는 진땀이 철철 흐른다.

시간은 바야흐로 자정. 절에서는 자정을 알리는 쇠북소리가 음산한 밤공기를 누비며 뎅뎅 울려온다.

절로 갈 일을 생각하니 등골에 오싹오싹 소름이 끼쳐온다.

소름이 끼쳐도 이제 와서 안 간달 수는 없는 일.

"누가 먼저 가서 동전을 놓구 오겠니?"

에너지 선생은 정색을 하고 엄숙하게 말씀하신다. 이때 나는 철수의 눈치를 살폈다. 안색이 창백하고 입술이 노래졌다.

"왜 대답이 없어? 너희들, 가기 싫어진 게 아니냐?"

물론이다. 가기 좋을 사람이 누가 있겠는가. 음산한 밤비가 부슬부슬 내리는 자정이 넘은 시각에 썰렁한 법당 안을 혼자서 가야 할 일을 생각하면 가슴 속이 으스스하다.

'공연한 약속을 했구나.'

나는 또 한번 후회가 되었으나 어찌하랴, 이미 벌어진 일을. 게다가 미나가 지켜보는 앞이다. 그의 눈에는 한쪽에 하나씩 기대와 불안이 깊이 새겨져 있다.

'그렇다. 미나에게 실망을 주지 말자.'

이 마음이 들자 전신에 새 기운이 부쩍 솟아났지만, 다시 생각해보면 형 수길이와 누나들은 얄밉기 그지없다.

남의 불행한 처지를 보면서도 흥미가 자못 진진한 모양이다. 겉으로는 거룩한 표정을 짓고 있으나 속으로는 웃고 있는 것이 분명하다.

"수동아, 겁이 나지?"

큰 누나의 말이다.

"겁이 왜 나?"

나는 도리어 반문하였다.

"손이 떨리는 데."

이것은 형의 말이다. 굽어보니 나도 모르는 사이에 정말 손이 덜덜 떨리고 있다.

"손이 떨리는 건……."

"뭐야."

"배가 고파서 그래."

이것은 거짓말이었다.

"밥을 두 그릇이나 먹구두 배가 고파?"

"고프지 않구, 지금이 몇신데. 낮이래문 점심 먹을 시간이 아니라구?"

"호호호."

누나들이 웃는다. 그러나 미나는 웃지 않는 게 여간 대견하지 않았다.

이때 철수가,

"제가 먼저 갔다 오겠습니다."

하고 손을 번쩍 내밀었다.

"철수가 먼저? 그래, 다녀오너라."

에너지 선생은 오원짜리 동전을 철수 앞으로 내미셨다. 그것을 받아 쥐는 철수의 손이 약간 떨리는 것을 보았으나, 동시에 비록 희미하기는 하나 안도의 숨을 몰아쉬는 미나를 보게 되니 나는 용기백배하였다.

철수보다도 나를 더 생각하고 있는 줄을 다시금 다짐한 셈이다. 그러나 나는 한번 더 확인해 보고 싶어서,

"선생님, 제가 먼저 가겠습니다."

하고 나섰던 바, 아니나 다를까 미나의 표정이 또한번 흐려진다.

이 때 다행히도 철수가 고집을 썼다.

"아니야, 내가 먼저 간다. 매두 먼저 맞는 편이 좋으니까."

이 말로써 그는 자신이 겁난다는 것을 자인하고 들어간 모양이 되었다. 형이 얼른 그 말을 받아서,

"법당에 가는 걸 매루 여길 지경이면 차라리 그만두지 뭘 그래."

하며 비웃는다. 철수는 약이 오르는지 손바닥에 동전을 움켜잡은 채 대답 없이 밖으로 나가 버렸다. 나는 속으로,

'자식, 땀을 흘릴 테지.'

하면서 기다리는데, 한번 나간 철수는 얼른 돌아오지를 않는다.

"뭘 하구 있기에 이렇게 늦을까요?"

내가 걱정스러워서 이렇게 말했을 때 에너지 선생은,
"글쎄."
하면서 담배를 세 개피 째나 피워 무신다.
"무슨 사고라두 난 게 아닐까요?"
"사고는 무슨······."
"그래두 또 모르지 않아요? 중들에게 붙들려서 매를 맞는다든지······."
"그런 일은 없을 거다."
"어떻게 알아요?"
"뻔하지."
에너지 선생은 태연스러웠으나 미나는 약간씩 걱정이 되는 눈치다.
"내가 가 보구 올게."
내가 막 일어서려는데, 마침 철수가 돌아왔다.
"갔다 왔니?"
"네, 다녀왔습니다."
"부처님 손에 동전을 놓구 왔어?"
"네, 놓, 놓구 왔습니다."
"절에까지 다녀왔다면서 어떻게 비에 몸이 젖지두 않았니?"
"앗!"
순간 철수는 얼굴을 붉히는 듯했으나 이내 태연스러워지

면서,

"하두 급하게 달려갔기 때문에 비 맞을 겨를두 없었습니다."

이 말에 나는 속으로,

'급히 달려갔다면서 이렇게 늦게야 돌아와?'

하고 중얼거렸으나 따지려고 들지는 않았다. 에너지 선생은 다른 말씀 없이 나를 보시면서,

"그럼 이번엔 수동이 차례다. 가서 동전을 도루 집어 오너라."

"네……그런데 철수야."

"응?"

"법당 안이 아주 캄캄하든?"

"음, 새카매."

"아무두 없구?"

"없, 없어."

나는 이상하다고 생각했다.

'철수가 왜 이렇게 쩔쩔 맬까?'

그러나 놀라서 그러려니만 여기고 밖으로 나왔다. 나오면서 미나의 울상이 다 된 얼굴을 생각하면서 산장 문을 나섰다. 나는 무섬증이 나서 달음박질을 쳐 보았다. 철수의 말대로라면 달음박질을 치면 비를 안 맞아야 할 텐데 그렇지 못하다. 얼굴과 몸은 땀과 비에 흠씬 젖었다.

'이게 무슨 꼴이람.'

나는 내가 하는 짓이 우스웠다. 그 다음엔 몸에 열이 나도록 무서웠다.

그래서 생각하기를 '아무데서나 시간을 보내다가 법당에 다녀왔노라고 거짓말을 해볼까?'하는 마음이 들었다.

'옳지, 그게 좋겠어.'

허지만 그렇게 하려면 오원짜리 동전 한 닢이 있어야 겠는데, 공교롭게도 내 주머니에는 십원짜리 뿐이다.

'이걸 어디서 오원짜리로 바꾸나.'

그러나 바꿀 만한 데가 없다.

비 내리는 깊은 산중에다 자정이 넘은 시각이다. 가게가 있을 턱이 없고 설사 있다손 치더라도 문을 열었을 리 만무하다. 나는 궁리하다 못해,

'에라, 이왕 나선 길이니 법당까지 가 보자.'

하는 결심을 하고 절 쪽을 향해 발을 옮겼다.

법당이 가까워지자 커다란 창호지에 으스름한 불빛이 비치는 것을 발견하였다.

'음? 이상하다. 철수가 분명 법당이 캄캄하다구 했는데……'

나는 혹시나 안에 누가 있는가 해서 법당 앞으로 조심하면서 다가섰다. 그러나 안에는 아무도 없었다. 여기까지 왔다가 그냥 돌아설 수는 없는 일이고 또 동전을 못 가지고는

돌아갈 수도 없고 해서 신발을 신은 채 안으로 들어갔다. 이제는 무서운 것도 다 잊어 버렸다.
'어서 동전을 집어 가지구 돌아가자.'
하는 생각뿐이다. 나는 불단 위로 뛰어올라가 석가존상의 손바닥을 들여다 보았다. 그런데 이게 웬 일이냐, 돈이 없었다.
'철수가 놓고 갔을 텐데, 그 사이에 누가 벌써……?'
나는 의심이 부쩍 났다. 다른 사람을 의심하는 것이 아니라 바로 철수를 의심하는 것이다.
'음, 알았다. 철수가 안 다녀갔구나.'
이렇게 된 바에는 여기 오래 머물러 있을 필요가 없다. 돌아서려고 하는 때에 나는 겁이 버럭 났다. 불전에 켜 놓은 촛불이 벌렁거려서 부처님의 그림자가 크게 흔들린다. 이때 인기척이 났다. 손에 수촉을 밝혀 든 동승 하나가 법당 안으로 들어서더니 무슨 낌새를 알아차렸는지 멈칫하면서 주위를 둘러본다. 나는 이 내 몸을 숨기면서 법당 쪽을 내다보았다. 동승은 몹시 놀라는 눈치다.
"윽!"
그는 야들야들하게 닦인 법당 마룻바닥에 영절스럽게 찍힌 흙 묻은 발자국을 본 것이다.
"누, 누구야?"
동승의 목소리가 높지는 않았으나 드넓은 법당 안에 메아리 되어 귀신 소리와 같이 오싹 소름이 끼치게 한다. 이때 나는 정신없이 발길로 촛대를 걷어찼다.

"쟁그렁."

촛대는 쓰러지면서 다른 기명을 쳤는지 연거푸 요란한 소리가 나며 한쪽 촛불이 꺼졌다.

"도, 도둑이야."

이 고함 소리가 나를 가리킨 것인 줄을 모르고 나 아닌 다른 사람, 즉 진짜 도둑이 든 줄 알고 어마지두에 덩달아서 나도 소리를 높여,

"도둑이야."

하면서 뛰어내렸다. 그 순간,

"아이쿠."

나는 발목을 움켜잡았다. 떨어지는 서슬에 발목을 삐었던 것이다.

"아야야."

일어나 보려고 하다가 나는 도로 그 자리에 주저앉았다. 동승, 상좌승 할 것 없이 잠자던 중들이 손마다 몽둥이·방망이·작대기 따위를 하나씩 닥치는 대로 집어 들고 우루루 밀려 왔다.

"어, 어디야?"

"누, 누구지?"

결국 나는 그들에게 포로가 되었다.

시담회(試膽會) 223

"저 놈이다."

"잡아라."

"산장의 개구쟁이다."

"너 마침 잘 만났다."

으르렁거리는 중들에게 붙잡힌 나는 불현듯 서울에 계신 어머님 생각이 머리에 떠올랐다.

"마당으루 끌어내라."

"놓치지 말어."

중생을 제도한다는 스님들에게도 도둑을 용서할 마음은 없나보다. 아니, 그들에게 나는 도둑이라기보다는 증오의 대상이었을 게다.

마당으로 끌려나온 나는 대항할 엄두를 못 내고 몸을 고슴도치 모양으로 움츠리면서, 머리를 수그린 채 동그랗게 만든 잔등을 그들 앞에 내맡겼다.

두어 차례 발길질을 하고 잔등을 건드려 보던 그들은 두고 두고 혼을 내줄 심산인지 매를 멈추고 문초를 시작한다.

"뭘 훔치러 들어왔지?"

"뭘 가지러 왔어?"

입을 꼭 다물고 있노라니까 전날 철수와 함께 두들겨 준 동승이,

"말 안하면 따끔한 맛을 볼 줄 알아라. 뭘 도둑질하러 왔냐 말이야."

이때 나는 얼른,

"중의 상투."

하며 벌떡 일어나 엉거주춤히 들여다보고 섰는 그 애의 코허리에다 레슬링식으로 무릎치기를 먹이면서 몸을 새처럼 날려서 어둠 속으로 달아났다.

불단에서 처음 떨어졌을 때보다는 아픈 것도 좀 덜해졌기 때문에 이 기회를 놓쳤다가는 큰 욕을 당할 것이 뻔하므로 기운을 내서 기를 쓰며 달아난 것이다. 여우가 발목이 덫에 치이면 이빨로 그 발목을 끊어 버리고 달아난다는 말을 들었다. 나도 지금 꼭 그러한 기분이었다. 뒤에서 나를 잡으려고 사방으로 흩어진 중들의 아우성이 멀리서 가까이서 울려오는 것을 들으면서 나는 간신히 산장까지 돌아왔다.

매를 맞고 다리를 절뚝거리면서 비에 젖은 몸으로 들어서는 나를 보자, 모두들 놀란다.

"어찌된 셈이야?"

"중들에게 들켜서……아이구."

"매를 맞았구나."

에너지 선생이 눈을 부릅뜨며 벌떡 일어나신다.

"어디를 가세요? 선생님."

"내 당장 가서 그 놈들, 능지처참을 하구 와야겠다."

이 때 송지 누나가 선생을 붙들었다.

"가지 마세요. 애초에 잘못은 우리에게 있지 않아요?"

시담회(試膽會) 225

"뭐가 잘못이야? 절은 중의 것이 아니야, 신도의 것이지. 법당에는 누구나 자유로이 드나들 수 있는 거란 말이다."

"치성을 올리러 갔다면 모를까, 부처님께 장난하러 갔는데두 자유롭게 드나들어두 좋단 말씀이세요?"

"장난이 아니야, 시담회지. 더구나 K사에는 너희 집에서 해마다 시주를 하지 않니? 적잖이 시주하는 신도의 자제를 중들이 작당을 해서 매를 퍼부어? 혹사 지옥으루 보낼 놈들."

여기서 마지못해 내가 나섰다.

"맞아서가 아니라 불단에서 떨어져 발을 삐었습니다."

이 말에 형 수길이가,

"고것 봐라, 천벌을 받은 거야."

나는 형의 말이 얄미웠으나, 꾹 누르고 참았다. 참아야만 에너지 선생이 절간 토벌 가신다는 것을 막아낼 수 있겠기 때문이다.

전화위복

하룻밤을 지나고 나니까 나의 상처는 한결 더 심해졌다. 옆구리가 결리고 등어리가 쑤시고, 발목은 퉁퉁 부어올랐다.

큰누나는, 이제야말로 자기가 나설 차례라는 듯이 나를 실험대 삼아 또 다시 의사 노릇을 시작했다. 상처에 약을 바르고 주사를 놓고…….

나는 이 일도 눈을 딱 감고 달갑게 받아들이지 않으면 아니되었다.

왜냐하면 미나가 마치 간호사처럼 내가 누워 있는 머리맡을 잠시도 떠나지 않고 간호를 해주기 때문에 이 행운을 길이 누리기 위해서는 싫어도 좋아도 중상자 시늉을 할 수 밖에 없기 때문이다. 자기 딴에는 전날 교통사고로 다리를 다쳤을 때 내가 베푼 호의를 갚노라 그러는 것이겠지만, 나로서는 이렇게 복될 수가 없는 일이었다.

"아프지?"

"응."

"나두 당해 봐서 알지만 발목을 다치면, 그렇게 아플 수가 없어."

"……"

찬물 찜을 한다, 안마를 한다느니 하며 나를 위해 애쓰는 미나가 기특하다 못해 눈물이 날 지경이었다.

미나의 일생 중 가장 꽃다운 젊은 날의 한때를 나를 위해서, 나만을 생각하며 보낸다는 사실 그 자체만으로도 나는 무척 대견하고 고마운 일이다. 이대로 한평생 자리에 누운 채 미나의 간호를 받을 수만 있다면 오죽이나 좋으랴 하는 생각마저 들었다. 그러자니 자연 엄살과 꾀병을 아니할 수 없는 처지다.

이같은 며칠을 꿈결같이 지내자 나의 상처는 거의 다 나아버렸다. 그러나 나는 나았다고 하지 않았다. 계속 엄살을 부리자 큰누나는,

"그거 이상한데. 혹시 뼈가 부러졌는지두 몰라. 빨리 서울 가서 엑스레이를 찍어봐야겠는 걸."

하며 근심이 태산 같다.

나는 속으로 혀를 낼름 내밀었다.

'뼈가 부러지기는 무슨 뼈가 부러져, 이제는 다 나았는데.'

이 사실을 누나에게는 비밀히 하고, 미나에게만은 알려주고 싶었다. 미나가 진심으로 근심하는 것을 그대로 두고 차마 보기가 딱하여서 하는 말이다.

허지만 그럴 수는 도저히 없는 일이다.

한편으로는 나를 위해 전적으로 근심하는 미나를 더 두고 보고 싶은 마음이 든 때문이다. 미나가 근심하는 이상으로 더 걱정하는 것이 철수다. 철수는 아무도 없는 틈을 타서 내 귀에 이런 말을 속삭였다.

"수동아, 나를 용서해라."
"네가 뭘 잘못했다구."
"아니야, 너를 이렇게 만든 건 다 내 책임이야."
"알 수가 없는 걸."
"넌 모를거다마는, 실상은 그날 나는 법당에 안 다녀오구 다녀왔노라구 거짓말을 꾸민 거야."
"그건 나두 알어."
"언제 알았단 말야?"
"법당에 가보구 얼른 알았지."
"돈이 없으니까?"
"음, 허지만 그 전에 이미 알았어. 네가 법당에 다녀왔다구 하면서두 비를 안 맞은 걸 보구 대뜸 알았지."
"음, 그러니까 미안해 죽겠다는 거야. 내가 가지 않았다구 사실대루만 말했으문 너두 안 갔을 게 아니니?"
"괜찮어. 지나간 일을 가지구 뭘 그래."
"지나간 일이지만, 넌 몸을 다치지 않았니?"

울상이 된 철수를 보자 나는 마음이 아팠다. 이 순진한 친구를 언제까지나 속일 수 없다는 양심의 가책이다.
"난 그게 가슴 아퍼."
"이제는 거의 다 나았단 말이야."
"나았대두 그렇지. 수동아, 너 다 낫거든 절루 찾아가서 중들에게 보복을 해야겠다."
"그거 나는 반대야. 피해를 받았다고 보복을 하구, 그 보복에 또 보복을 하구, 그러자문 언제까지나 끝이 나지 않을 거야. 이젠 고만 끝내는 게 좋겠어."
"그럴 수야 없지. 이대루 서울루 돌아가면 자식들에게 진 꼴이 되니까."
"지는 게 이기는 거야."
"그런 비굴한 말이 어디 있니? 이겨야 이긴 거구, 졌으문 진거지. 지고도 이겼다는 건 말도 알 된다."
"단은 그렇다. 허지만 끝을 내는 것두 산뜻할 거 아니니?"
"글쎄…… 하여간 빨리 낫구 볼 판이다."
"음."
나는 철수에게도 말하지 않은 채 며칠 더 그냥 누워 있었다. 이제는 식구들 보고 더 아프다고 버틸 수도 없는 형편이었다.
왜냐하면 첫째는 서울 가서 엑스레이를 찍어보자는 큰누나의 성화를 물리칠 수가 없어서요, 둘째는 따분해서 더 견딜 수가 없어서다.

그래서 이제쯤은 슬슬 일어나 봐야겠다고 작정한 나에게 생겨난 또 하나의 새로운 근심은, 나았다고만 하면 보복을 하자고 등쌀을 댈 철수의 일이 바로 그것이다.

따라서 낫기는 나았으나 아직 활동할 단계에는 이르지 못했다는 태도를 취하였다. 이리하여 자리에 눕지는 않고 약간씩 일부러 절뚝거리면서 방이나 마당에서의 활동만은 시작하게 되었다.

"괜찮니?"

"응, 일없어."

철수에게는 이렇게 말했지만, 에너지 선생 보고는,

"아직 걸을 수는 없습니다."

하였다. 그 까닭은, 걷는 데 지장이 없다고 하면 저 산밑 마을까지 술을 사러 갔다 오라는 심부름을 가끔 해야 하기 때문이다. 내가 앓아누워 있는 동안 그 심부름은 형과 철수가 교대로 해 왔는데, 나았다고 하면 이번엔 영락없이 내 차례가 될 것이다. 그 심부름은 싫기도 하려니와 겁도 나는 일이다. 만일 가다가 절의 중들을 만나게 되는 날이면 또 무슨 변을 당하게 될는지 몰라서다.

오늘은 철수가 다녀왔다.

철수는 내 방으로 들어오더니 부시럭거리면서 담배 한갑 하고 성냥을 끄집어 내는 것이었다.

"그게 뭐냐, 담배 아니니?"

"음, 사왔어."

"피우려구?"

"그래, 여기에 있는 동안 연습을 해두는 게 좋겠다."

"담배 연습?"

"맞아."

"난 담배 땜에 혼난 일이 있어서 그만두겠다."

"어른들한테 들켰니?"

"아니야, 집에 있을 때 아버지 담배를 몰래 훔쳐 피웠다가 죽을 뻔했어."

"하하하, 담배를 피웠다구 죽는 사람이 어디 있니?"

"아니야, 큰일 날 뻔했어. 하늘이 노래지고 머리가 핑핑 도는 게 아주 못살 지경이야."

"한꺼번에 깊이 들이마시니까 그렇지, 조금씩 빨면 괜찮아."

"조금씩이나 마나 난 싫어."

"너 개구리냐?"

"개구리?"

"음, 담배를 못 피우는 사람의 별명이다."

"어째서 그런 별명이 생겼을까?"

"내력이 있대. 개구리에게 담배를 먹이면 기침을 몹시 하다가 밸을 토해 놓는다는 거야."

"설마."

"정말이다."
"아무리."
"내 말을 못 믿겠으문, 우리 실험해 볼까?"
"좋아, 개구리래문 큰누나가 해부하느라구 잡아다 둔 게 있을 거다."
"그걸 가져오자."

이리하여 우리는 개구리를 놓고 실험을 하기 위해 담배를 피워 물었다. 그것을 '빨대'로 개구리에게 억지로 먹였더니 결과는 철수가 말한 대로다.

재미가 나서 자꾸만 되풀이 하느라고 에너지 선생이 오신 것을 모른 것이 큰 실수였다.

"이 녀석들 이게 무슨 짓이냐, 너희들 담배를 피우니?"
"앗! 아닙니다. 실험을 하구 있었습니다."

"무슨 실험?"

"자, 보십시오, 개구리에게 담배를 먹였더니 기침을 하지 않습니까?"

"흠! 그것 참 재미있다."

에너지 선생도 매우 흥미를 느끼신 모양이다. 이리하여 우리는 유력한 동지를 얻은 셈이다. 선생을 중심으로 우리는 진종일 개구리 여러 마리에게 담배 대접을 하였다…….

매형 후보

파란 많던 산장 생활도 끝이 났다. 이번 여름방학 중 가장 인상 깊었던 것은 고양이에게 소주 주사를 놓은 것과 개구리에게 담배를 먹인 것이다.

우리 일행이 산장을 떠나자 그 근처에 사는 날짐승·길짐승·물고기들이 기를 폈을 것이다.

동시에 K사 동승들도 좋아라 했을 것으로 알겠지만 그것은 그렇지가 않다.

우리가 산장을 떠나기 전에 형 수길이의 알선으로 그들과의 화해가 성립되었다. 내일이면 산장을 떠나기로 된 전날에 그들은 송별회를 열어서 우리와의 작별을 못내 아쉬워했다.

나는 막상 떠나자니 여간 섭섭하지가 않았다. 이리하여 나는, 이 다음에 자라서 어른이 되거든 중 노릇을 해 볼까 하는 생각까지 할 지경이었다.

—개학날이 가까웠다. 나는 밀린 숙제와 장난을 하느라고 다른 일을 생각할 경황이 없었으나, 다만 이것 하나만은 무

관심할 수가 없었다. 그것은 다름이 아니라 가정교사인 양 선생이 넋을 잃고 허수아비 모양 멍청하게 지내는 일이다. 양 선생이 긴장해서 기운을 내주어야 방학숙제를 댓바람에 해치울 것인데, 저렇게 핼쑥해져서 기운이 없고서야 어떻게 능률적이기를 바랄 수 있으랴.

양 선생은 맥없이 먼 산을 바라보고 앉았다가 한숨만 폭 폭 내쉬는 것이었다. 방학 전까지만 해도 담배를 별로 못 피우던 분인데, 인제는 담배도 연거푸 몇 개피씩이나 붙여 문다. 그것도 맛이 있어서 피우는 모양은 아니다. 캑캑거리며 눈물까지 흘려가면서 열심히 피운다.

'양 선생두 개구린가, 아니면 개구리 띠인지두 몰라.'

그러나 개구리 띠는 없으니 이유는 다른 데 있을 것이다. 나는 그 이유를 조사하기에 열중하여 결국은 알아내고야 말았다. 이유는 뜻밖에도 송지 누나에게 있었다. 아니 좀 더 정확히 말한다면, 송지 누나를 요사이 자주 찾아오는 미스터 박이라는 청년에게 있다는 점을 발견하였다. 미스터 박은 부모님까지도 다 아시는 매형 후보다.

어쩌면 내년 봄에 송지 누나가 학교를 졸업하면 결혼을 하게 될지 모른다고 하는 몸집이 뚱뚱한 청년 신사다. 저렇게 큰 몸에도 구석구석 신경이 다 배선(配線)되어 있을까 의심이 날만큼 거대한 체구의 소유자이다. 미스터 박에 비해 체격이 유난히도 빈약한 양 선생이 그를 볼 적마다 한숨을 내쉬는 것은 아무래도 뚱뚱한 몸집이 몹시도 부러운 모양이다.
 나는 양 선생을 위해, 아니 내 숙제를 서둘러 해치우기 위해서 당분간 미스터 박이 집에 다니지 못하도록 봉쇄할 필요를 느꼈다.
 그렇게 하기 위해서 나는 묘안을 발견하였다. 그 위대한 몸집에 신경이 다 잘 통해 있나도 실험할 겸 나는 형 수길이가 쓰는 '팔레트'를 이용할 것에 착안하였다. 이왕 결심을 하였으면 빨리 실천에 옮기자는 것이 나의 신조다. 미스터 박이 오면 송지 누나와 함께 응접실에서 이야기를 하다가 돌아가곤 하는데, 나는 그가 노상 앉는 의자에다가 유화(油畵)를 그리는 여러 가지 색깔의 기름이 묻은 팔레트를 놓아 두었다. 그랬더니 오늘따라 미스터 박은 눈이 부시도록 유난히 흰 양복을 입고 나타났다. 내가 응접실 열쇠 구멍으로 안을 들여다 보느라니까,
 "저, 더우실텐데 저고릴 좀 벗으시죠."
 하는 송지 누나 말에,
 "아닙니다. 뚱뚱해서 덥기는 하지만 숙녀 앞에서 저고리를 벗을 수야 있습니까?" 하면서 그냥 털썩 주저앉아 버린다. 팔레트를 깔고 앉았는지 기대고 앉았는지는 모르나, 가만히 있는 것으로 보아 역시 신경이 둔하다고 생각하였다.

미스터 박이 돌아갈 때에 보니 팔레트가 하얀 양복 잔등에 둘러진 채 그냥 가는 것이었다. 뚱뚱한 사람이 딱딱한 판대기를 등에 진 것을 보자 나는 대뜸 거북이를 연상하였다. 그러고 보면 미스터 박은 거북이 띠인지도 모르겠다.

거북이

나는 그날부터 미스터 박에게 '거북이'라는 별명을 붙여서 불렀다. 갤판을 지고 가는 꼴이 거북이 같대서 붙인 이름이지만, 그 뚱뚱한 몸집으로 뒤뚱거리며 다니는 꼴은 거북을 몹시 닮았다. 물론 그 이름은 나 혼자서만 부르던 것인데 어느 사이에 철수도 알게 되었다.

"거북이 왔나?"

하면,

"응, 왔어."

할 지경으로 서로 통한다. 이 이름은 가정교사 양 선생도 알게 되었다.

"응접실에 손님 왔니?"

"네."

"거북이냐?"

이럴 정도다. 거북이만 오면 양 선생은 기운을 잃는다. 나는 양 선생을 위해서라도 언젠가 거북이를 한번 혼내 주어야겠다고 생각하였다.

거북이는 요새 할 일도 볼 일도 없는 우리 집에 매일 오기가 거북하였던지 송지 누나에게 독일어를 가르친다고 한다. 거북이는 독일서 약학(藥學)을 공부하고 온 사람인데 지금은 약학대학 강사로 나간다고 한다. 낮에는 약학대학 선생, 저녁이면 송지 누나의 독일어 가정교사가 된다.

집에는 양 선생이라는 가정교사가 계신데도 또 한 사람이 왔으니까 양 선생과 거북이는 자연 동업자가 된 셈이다. 동업자끼리라 서로 경쟁과 질투가 있는 모양이다. 내가 거북이의 흉을 보거나 욕을 하면 양 선생은 매우 시원해 한다. 나는 공부하기가 싫을 때면 거북이의 흉을 보기로 작정하였다. 그런 때는 양 선생이 휴식 시간을 주기 때문이다.

"수동아, 거북이 왔지?"

"네."

"어디 있어?"

"누나 방에요."

"뭣들 하구 있을까?"

"독일어 공부를 하나 봐요."

"글쎄, 정말 공부를 하구 있는지……."

"나두 잘은 모르죠, 가보구 올까요?"

"응, 그게 좋겠다. 얼른 가보구 와."

"잠깐 기다리세요."

이래서 나는 공부하다가 말고 큰누나의 방을 찾아갔다.

복도에 서서 가만히 엿들으니까 방안은 쥐 죽은 듯이 조용하다.

'음? 어디루 나가버린 건감?'

공연히 헛걸음만 했다 싶어서 막 돌아서려 할 때,

"송지 씨……" 하는 거북이의 목소리가 들려왔다.

나는 이상하다 여기고 걸음을 멈추었다.

'공부하다가 쉬는 시간인가?'

나는 안에서 뭣들을 하고 있는지 궁금증이 나서 열쇠 구멍에 눈을 대고 가만히 들여다보았다. 순간, 나는 깜짝 놀랐다.

'독일어 공부는 저렇게 하는 것인가?'

누나와 거북이가 서로 꼭 껴안고 입을 마주 대고 서 있지 아니한가.

'알았다. 독일어란 입에서 입으루 저렇게 불어 넣어 주는 것인가 보다.'

나는 갑자기 미나의 생각이 났다. 미나에게 영어를 가르쳐 주고 싶다. 저렇게 입으로 불어 넣으면서 말이다.

누나가 독일어 공부하는 광경을 또 한번 견학하기 위해서 다시금 열쇠 구멍에 눈을 대어 보니 거북이와 누나는 아까 모양대로 또 한번 복습을 하고 있었다.

이때다. 내 목덜미가 커다란 손아귀에 붙잡혔다. 놀래서 돌아다보니 에너지 선생이다. 선생이 눈을 부릅뜨고 고함을 지르려 하시는 것을, 손가락으로 입을 가렸다. 조용히 하시라는 신호다. 그러고는 이내 선생의 귀에 입을 갖다 대고 속삭였다.

"선생님, 누나가 독일어 공부하는 걸 좀 보세요."

선생은 말없이 내가 가리키는 열쇠 구멍에 눈을 대셨다. 이때쯤은 아마 거북이와 누나가 세 번째 복습을 하고 있었는지 모른다.

번쩍 몸을 일으킨 에너지 선생의 표정은 매우 심각한 채 몹시 복잡하였다.

"독일어 공부를 하구 있죠?"

"음, 대학 선생님이라 교수법이 무척 새롭다."

―그 뒤 얼마 안 가서 철수까지 끼인 우리 네 남매가 합

동 수업을 하게 되었다. 즉 저녁을 먹고 나서 바로 그 자리인 식당에서 에너지 선생 참관 하에 양 선생과 거북이의 지도로 일정한 시간을 공부를 해야만 비로소 해방이 되게 마련인 에너지 선생의 새로운 포고령이 내린 것이다.

나는 여간 불편하지가 않다. 양 선생과 단 둘이서만 공부할 때 같으면 마음 놓고 방학 숙제를 해 달랠 것인데, 에너지 선생이 감시하고 있는 앞이라 꼼짝없이 내 손으로 숙제를 해야만 하기 때문이다.

하루는 에너지 선생이,

"덕국(德國) 말을 배우고 싶은 사람은 손들어라."

하셨다.

"선생님, 덕국 말이 뭡니까?"

"아, 참. 독일어 말이다. 옛날에는 독일을 덕국이라 했지."

"하하하, 프랑스는 뭐라구 했어요?"

나는 잠깐이라도 공부를 쉴 기회를 얻으려고 화제를 발전시킬 노력을 시도하였다.

"프랑스?"

"불란서 말입니다."

"알어, 에―불란서는……."

"불국(佛國)?"

하고 매지 누나가 대꾸를 했다가 핀잔을 들었다.

"아니야, 알지두 못하면서……."

"그럼 뭐예요?"

"법국(法國)……법국이라구 했느니라."

"법국요? 호호호 우습다. 법국이 뭐예요, 법국이……."

"구한국 시절엔 다 그렇게 불렀어."

"중국은요?"

"청(淸)이었지."

"소련은요?"

"아라사였구."

"에티오피아는요?"

"뭐?"

선생님의 눈이 둥그레졌다.

"에티오피아 말이에요."

"그런 건 구한국 시절에 없었어."

"네? 에티오피아가 없었어요?"

"있었더래두 그런 건 난 몰라."

"하하하."

"호호호."

우리가 다 웃자 그제야 선생님은 꾀에 넘어간 줄을 아시고,

"독일어 배울 사람은 손들라니까 무슨 딴 소리들이야? 지망자 없어?"

나는 목을 움츠리고 고개를 수그렸다. 학교 공부만 하는

데도 진땀이 나는 판인데 독일어까지 시작해 가지고 고생할 것이 무엇이겠는가. 그러나 이때,

"있습니다."

하는 소리가 났다.

그것은 철수였다.

"흠, 철수가. 기특하다."

"개학만 하문 저는 밤에 학교에 나가니까 시간이 없습니다. 며칠 안 남은 방학 동안에 많이 배워야겠습니다."

나는 철수의 속셈을 도저히 알 수가 없었다.

'저 자식, 멋두 모르고 저러다가 거북이에게 입을 깨물릴려구.'

그러나 에너지 선생은 몹시 대견하신 모양이다.

"박 선생."

하고 거북이를 부르신다.

"네."

"독일어를 배우겠다는 호학(好學)의 인사(人士)가 나타났으니 송지만 갖구 그러지 말구 철수에게두 가르쳐 주소."

"그렇지만 저는······."

"아, 사양할 거 없어. 《맹자(孟子)》에 보면 천하의 영재(英才)를 얻어 교육하는 것이 군자의 세 가지 즐거움 중의 하나라구 했소. 자, 그럼 오늘부터 가르치오."

이리하여 철수는 거북이의 제자가 되었다. 철수에게 독일

어를 가르치는 거북이는 누나에게 하는 것 같은 최신식 교수법을 쓰지 않고 재래식의 낡은 교수법을 써서 가르친다. 나는 내 공부를 하면서 가만히 귀를 기울였다. 철수는 끙끙거리면서,

"당신은 연필을 가지고 있습니까?"
"네, 저는 연필을 가지고 있습니다."
"카르는 연필을 가지고 있습니까?"
"아니오. 그는 연필을 가지고 있지 않습니다."
"마리는 연필을 가지고 있습니까?"
"네, 그녀는 연필을 가지고 있습니다."

독일어는 어디까지나 연필을 중심으로 대화가 진행되는 모양이다. 어째서 독일 사람들은 남이 연필을 갖고 있는지 안 가지고 있는지에 대해서만 그렇게 관심이 많을까.

"독일 사람은 연필을 매우 소중히 여기는 국민입니까?"
"네, 그들은 연필을 몹시 사랑하고 연필로 깍두기를 담가 먹습니다."

산타클로스

한국의 가을은 눈 깜짝할 사이에 지나가 버린다. 달력상으로는 음력 7·8·9월 석달 동안을 가을이라 하여 삼추(三秋)라고 하는 모양이지만, 석달이 무슨 석달이냐. 8월 하순에서 9월 중순까지만 가을 같고 그 앞뒤에는 여름과 겨울이 착 달라 붙어 있다. 요 짧은 기간의 가을만을 독서의 계절이라고 하니 무척 책 읽기를 싫어하는 백성인가 보다. 차라리 겨울 한철을 독서의 계절로 정하였다면 기나긴 겨울 동안에 전집물 한 질쯤 읽어 내겠건만, 구태여 가을로 정했기 때문에 도톰한 책 한 권도 읽기가 어렵다.

가을이 얼마나 짧은가 하는 증거로 나는 지난 가을에 소설책 한 권도 다 못 읽은 것을 보아도 알 것이 아닌가.

짧아서도 그랬겠지만 가을 동안에 우리 집에는 아무 일도 없었다. 아니, 있었다. 송지 누나가 거북이와 약혼을 한 일은 특기할만한 사건이다.

나는 누나의 속을 알 수가 없다. 거북이에게 시집을 가서 거북의 알[卵]을 낳고 싶은 모양이다. 거북이는 매일 저녁

엉금엉금 우리 집을 찾아오나 이제는 독일어 선생이 아니라 아버지의 사위로 행세한다.

누나와 거북이가 단 둘이 있는 방에는 아무리 에너지 선생이라 할지라도 감히 접근을 못 한다. 일종의 치외법권(治外法權) 지역이다.

두 사람이 거기에서 무엇을 연구하는지, 초저녁에 오면 통행금지 시간이 가까워질 때까지 꼼짝 없이 소리도 안내고 들어앉아 있다. 그러다가 아버지라도 만나게 되는 때면 거북이가 느닷없이 "아버님"이라고 한다. 고아로 자랐는지 어째서 아버지 어머니라고 부르기를 그렇게도 좋아할까. 나는 어쩐지 아버지 어머니를 5분의 1쯤 거북이에게 빼앗긴 것 같아서 기분이 썩 좋지 않다. 그러한 거북이를 에너지 선생이 좋아하지 않을 것은 물론이고, 양 선생에 이르러서는 거의 원수나 다름없다. 어쩌다가 서로 눈이 마주치는 때라도 인사말 한 마디 없이 흘겨주기가 일쑤다.

그런 것이 송지 누나는 비위가 거슬리는 모양이다. 후딱하면 어머니보고,

"어머니, 양 선생이 참 건방져요. 사람보구 인사할 줄두 모르구. 뭐야 제가 정말……."

하고 일러바친다.

"왜, 너보구 외면을 하든?"

"아니요. 나보군 안 그러지만…… 내보내구 다른 사람을

뒤."

"식모나 침모라면 모를까, 양 선생은 내 맘대루 안된다, 할 말이 있거든 에너지 선생에게 여쭈어라."

"에너지 선생은 제가 또 뭐야. 흥, 보기두 싫어."

송지 누나는 거북이를 빽으로 믿는지 콧대가 여간 세어지지 않았다.

이럭저럭 하는 동안에 가을이 지나고 겨울 방학이 닥쳐왔다. 겨울방학만 되면 2중 3중으로 행운의 날이 기다리고 있다. 방학이 즐거운데다가 곧이어 크리스마스가 있고 다시 계속해서 설이 다가선다.

크리스마스나 설이 되면 식모나 운전사에 이르기까지 다 선물과 돈이 생긴다. 아버지는 교회에 안 나가시지만 크리스마스만은 유난히 지키신다.

해마다 이브에는 파티가 있어서 안 들어오시고, 설 아침에도 회사에 망년회가 있다고 하여 밤샘을 하고 돌아오신다. 그러므로 이날은 어머니가 골치가 쑤신다고 드러눕게 마련인데 아버지는 그날을 기해 온 식구들에게 위문금처럼 돈과 선물을 주시는 것이 오래 전부터 지켜오는 가풍이요, 전통이다. 크리스마스 전날이면 아침 식사하는 자리에서 산타클로스에 대한 설화 한 토막을 짤막하게 소개하는 것도 아버지의 오랜 버릇이다. 그렇다고 해서 새로운 연구 발표는 없고 해마다 하는 말이 밤낮 똑같은 말씀이다.

빨간 모자, 빨간 외투의 산타클로스 할아버지가 사슴이 끄는 썰매를 타고 북쪽 먼 나라에서 와서 굴뚝으로 들어와 잠자는 착한 어린아이 머리맡에 달아 놓은 버선 속에 선물을 잔뜩 넣어 주고 간다는, 세상에 흔히 있는 그 이야기다. 어느 해엔가는 할멈이 그 말을 듣고,
"그 영감쟁이가 오늘 밤에 와요?"
"오우."
"틀림 없어요?"
"오구 말구."
"아이고 이를 어쩌나. 영감쟁이가 방에 들어오면 나는 어떡한다지요?"
해서 식구가 다 웃었다.
"오문 꼭 붙잡아 두지 그래."
하고 내가 놀렸더니
"그 영감이 홀아비랍디까?"
"아마, 그럴걸."
"인심 후한 영감 다 보겠네. 돈두 안받구 해마다 선사품을 갖다 준다니 말이요."
그 때 큰누나가,
"거짓말이에요. 옛날부터 전해 오는 얘기일 뿐이지."
했다가 그해는 큰누나만 아무 선물도 못 받았다. 이런 일이 있는 것을 본 나는 거짓말인 줄 알면서도 어수룩하게 속

는 체 하면서 오히려,

"금년엔 아마 산타클로스 할아버지가 가죽 잠바를 선물해 줄 거야!"

하고 넌지시 주문을 해서 해마다 내가 갖고 싶었던 것을 얻어 가지곤 했다.

내일이 크리스마스니까 오늘이 이브다. 아버지는 아침식사를 드시면서 식구들에게,

"오늘 밤에두 아마 산타클로스가 오실 거야."

하셨다.

"그거 정말이에요?"

하고 어머니가 물으신다.

"정말이구 말구."

"난 산타클로스 영감보다 당신이라는 영감이 들어왔으문 좋겠어요."

"하하하."

"호호호."

이때 에너지 선생이 정색을 하셨다.

"고군."

"네."

"오늘 밤에두 안 들어올 셈인가?"

"네, 회사 식구들끼리 올 나이트 파티를 합니다."

"뭣을 하는진 모르겠네마는 밤샘하는 건 안돼. 집안 식구

들을 산타클로슨가 하는 낯선 영감에게 맡겨놓고 주인 영감이 없대서야 말이 되나."

"허지만 해마다의 전례가 오늘 밤은 파티를……."

"글쎄 그게 안 된대두. 오늘 같은 날일수록 식구들과 집안에서 즐겨야지, 파티를 하더라두 일찌감치 끝내구 집에 돌아와야 하네."

"그렇지만 오늘 밤 만은……."

"꼭 밤샘을 해야 한단 말이지?"

"네, 그건 연중행사처럼……."

"좋아 그렇대문 나두 동행함세. 나라구 파티서 밤 새우지 못하란 법은 없을 테니까."

"선생님이 저하구 같이요?"

"그래, 잠시두 자네 곁을 떠나지 않구 붙어 다니겠네."

"그건 좀 곤란합니다. 제 회사 사원들이 다 보는 앞에서 어떻게……."

"사원들이 보는 앞에서 나하구 같이 있으문 체면이 깎이나?"

"그렇지는 않습니다마는."

"그럼 같이 가는 거야, 나하구 같이 다니기가 정히 싫으면 집에 일찍 들어오는 거구."

"알겠습니다. 선생님, 일찍이 들어오겠습니다."

"진작에 그럴 거지, 자정을 넘기면 안돼."

"네."
"다른 식구들두 마찬가지야. 다 명심해라."
"네."
그러나 송지 누나만은 불만인 모양이었다.
"저는요 선생님, 전 오늘 친구들하구 놀기루 했어요."
"집에서 놀문 안 되니? 친구를 불러다가."
"아이 참, 그럼……그럴래요."
누나의 친구란 분이 바로 거북이었다. 거북이는 초저녁부터 집에 와서 식구들에게 줄 선물을, 누나와 함께 만들기에 여념이 없는 모양이다. 작년까지는 어머니가 하시던 일인데 금년에는 아버지가 일찍 들어오신다니까 그 일을 송지 누나에게 물려주신 것이다.
처음 이 일을 맡길 때 누나는,
"싫어요, 남 놀려는 날에 일을 시키려구만 드신다니까."
"송지야, 내년 크리스마스에는 네가 집에 있지 않게 될 거다. 출가외인이라구. 결혼만하면 남의 식구야. 친정에서 마지막 맞는 크리스마슨데 네 소견으룬 꼭 에미를 부려야 속이 시원하겠니. 친정 식구들에게 마지막 하는 서비슨 줄 알구 오늘은 좀 수고를 해라."
"어머니는 뭘 하시게요?"
"아버지가 일찍 돌아오신다니까 난 좀 쉬어야겠다. 그대신 박 서방을 불러다가 같이 하렴."

이 박 서방이라는 것이 거북이다. 나는 거북이가 주는 선물을 받기가 싫을뿐더러, 또 미나에게 따로 선물을 해야겠기에 어머니를 졸라 선물 대신 돈으로 받았다. 그 돈으로 선물 한 가지를 사고는 이내 철수와 의논하고 미나를 집에 불러다가 밤새도록 같이 놀기로 하였다. 오늘의 선물 센터는 큰누나 방이다. 선물 내용의 비밀을 보장하기 위해 그 방에는 아무도 가지 못하게 되어 있지만 나는 경우가 달랐다. 선물 대신 현금을 받았으니까 호기심도 궁금증도 없으므로 활갯짓을 하며 선물 센터에 출입할 수가 있다. 나는 즐거웠다. 미나도 즐거운 모양이다. 이날 고생하는 것은 차 서방 뿐이다. 선물을 사러 나간다고 골백번 출입하는 거북이를 태워 가지고 드나들어야 할 뿐 아니라, 아버지가 언제 어디서 전화로 차를 부를지 몰라 잠도 못 자고 대기 상태이니 말이다. 철수도 싫지 않은 모양이다. 왜냐하면 자기네 식구가 다 한집에 모여 있기 때문일 게다.

에너지 선생으로부터 자정까지 외출허가를 받은 아버지가 뜻밖으로 열시 전에 들어와 안방에서 어머니와 단둘이 약주잔을 기울이고 계신데, 무척 즐거우신 모양인지 이따금 큰 웃음소리가 안방 쪽에서 들려오기도 한다.

그렇지만 밤 한 시가 넘자 식구들은 거의 다 잠이 들었다. 나하고 철수, 그리고 미나만이 깨어서 트럼프 놀이를 계속한다. 나는 화장실에 나왔던 길에 선물 센터를 방문하였다. 여기서 나는 거북이의 야릇한 옷차림을 보았다.

빨간 융으로 만든 하프 코트에 빨간 고깔모자, 얼굴과 눈썹에 흰 털실과 솜을 붙여서 수염과 흰 눈썹이 되었다. 영락없는 산타클로스였다.

"누나, 이게 웬일이야?"

"내가 만들었어. 어때, 잘 만들었지?"

"응."

거북이 앞에는 선물 보따리를 넣는 커다란 자루가 놓여 있다. 거북이는 몸이 뚱뚱하기 때문에 체격이 당당한 산타클로스가 되었다.

"지금 출발이오?"

거북이에게 물었다.

"아니, 아직은 일러. 이건 연습이야."

하면서 자루를 등에 메어 본다. 등에 둥그런 것을 지니까 거북이가 또 한번 거북의 면목을 더했다.

나는 웃음을 참지 못해 그냥 내 방으로 내려왔다.

나중에 안 일이거니와 이 거북표 산타클로스는 두시가 되자 정각에 선물센터를 떠나 각 방을 찾아 다녔다고 한다.

먼저 매지 누나의 방에 가서 선물을 주고, 다음은 형의 방에 들려서 선물을 전달했다. 다음이 아버지 방, 그리고 에너지 선생, 양 선생…… 차례로 다 돌고 나서 남은 것이 식모 할멈 방과 차 서방이 자는 부엌에 딸린 방뿐이다.

산타클로스는 느닷없이 할멈 방을 찾아 들어갔다. 머리맡에 선물을 놓고 돌아서면서 그만 실수를 하여 냉수 그릇을 발길로 걷어찼다.

"쟁그렁."

할멈이 잠결에 이 소리를 듣고 놀라 눈을 번쩍 떴다.

"아! 이, 이게……."

얼른 말도 안 나왔으나 산타클로스는 놀랐다. 할멈을 뛰어넘어 달아나려 했다. 할멈은 머리 위를 휙 지나가는 그림자를 놓치지 않고 옷자락을 감아쥐었다. 이 서슬에 발부리가 부실해져서 몸의 중심을 잃는 순간, 할멈 옆에 누워 자던 안잠자기 삼네의 손을 밟았던 것이다.

"아얏."

비명과 함께 눈을 뜬 삼네가,

"도, 도둑이야."

하고 소리를 질렀다. 덩달아서 할멈도

"도, 도둑이야. 도둑놈 잡아라, 차 서방 빨리 와요."

잠결에 도둑이라는 소리를 듣고 눈을 뜬 차 서방이 자동차 '스다찡'을 들고 달려 왔다.

"도, 도둑이 어디야?"

"여, 여기……."

다급해서 달아나려는 산타클로스를 행여 놓칠세라 종아리를 잡고 늘어진 할멈이었다.

불을 끈 방이라 어둠 속에서 허위적거리며 무슨 말을 하려는 것을, 달려온 차 서방이 쇠뭉치로 갈겼다. 차 서방이 보기에는 틀림 없이 도둑으로 보았을 게다. 난생 본 일이 없는 낯선 옷차림에다가 수염까지 달았으니 왜 안 그렇겠는가. 잠들기 전에 부엌에서 술을 한 잔 마시고 눈을 감았다가 잠결에 뛰어 나왔으니, 가뜩이나 시야가 몽롱한데 커다란 자루를 걸머진 빨간 옷을 입은 수상한 사나이를 보았으니 용서할 리가 없다. 그야말로 적색분자(赤色分子)로 알았던지 첫 매에 휘우뚱하고 쓰러진 산타클로스에게 사정을 두지 않고 쇠몽둥이 세례를 퍼부었다.

이 소동에 식구들이 다 잠을 깨어서 부엌으로 몰려오고, 고함소리에 놀란 이웃집에서까지 전짓불을 켜고 두런거린다.

"도둑이 어디야?"

에너지 선생의 호령에 차 서방이,

"여기 잡아 놨습니다."

"불을 켜."

부엌이 밝아지자 매지 누나는,

"어머나! 산타클로스."

하고 감격하였으나, 문제의 산타클로스는 이미 빈사 상태요 기지사경(幾至死境)이었다.

겁에 질려 떨고 있던 송지 누나가 늦게사 달려와 이 광경

을 보고는
"어머! 미스터 박."
하며 달려들어 얼싸안는다.
다시 한번 더 갈겨 줄 양으로 쇠방망이를 어깨 높이 둘러 매었던 차 서방은 새로 벌어진 광경에 놀래어 몽둥이 보낼 곳을 찾지 못해 어리둥절 섰다가,
"이 늙은이를 아가씨가 아시는 갑쇼?"
하고 눈을 섬뻑거린다.
송지 누나는 산타클로스의 모자를 벗기고 수염을 뜯었다.
"앗! 박 선생님."
그러나 박 선생님은 의식이 희미하다.
"빨리 내 방으루……내 방으루."
그제사 거북이는 차 서방에게 업혀서 송지 누나의 방으로 와 침대에 누웠다. 그 다음은 송지 누나에게 맡겨두면 되었다. 깨어져서 피가 나는 뒤통수와 멍이 든 등에 약을 바르고는 오래 연습해 둔 솜씨대로 주사를 몇 대 연거푸 놓는다.
얼마 후 의식을 회복한 산타클로스는 부끄러운 듯이 눈을 뜨지 못한 채,
"날 때린 게 누구요?"
따지러 든다. 차 서방이 울상을 해 가지고,
"선생님 죄송합니다. 제가 고만 몰라 뵙구서."

어쩔 줄을 몰라 절만 자꾸만 되풀이 한다. 에너지 선생이 보구 섰다가 민망한지 시원한지,

"몰라서 그런 걸 어떡해, 인상이 좀 좋기만 했어두 도둑으루 잘못 보진 않았을 게야."

송지 누나는 에너지 선생에게 눈을 흘기더니 화제를 돌려 볼 양으로 거북이에게,

"다른 데는 또 다친 데 없으세요?"

"없습니다. 머리에 두 개, 어깨를 석대 맞았을 뿐이니까요."

거북이는 얻어맞으면서도 속으로 계산을 하고 있었던 모양이다. 생명에 별 지장이 없다는 것을 확인하고 나서 에너지 선생은,

"하하하, 기독교 하나님두 꽤 영험한 걸. 열심히 일하는 사람의 손을 빌어서 놀구 먹는 작자에게 벌을 내리는 걸 보문."

하고 한 마디 하고 아래로 내려가 버리신다.

멀리 가면서 혼잣말을 하는 에너지 선생의 음성이 들려온다.

"산타클로스에게는 쇠뭉치가 선물인가?

조흔파

소설가. 평양에서 태어나다. 일본 센슈대학 법과 졸업. 국도신문사, 세계일보사, 한국경제신문사 논설위원과 공보실 공보국장, 공무원 사무처 공보국장, 중앙방송국장을 역임. 지은 책에 《대하소설 한국인》《대하소설 만주》《소설 한국사》《소설 성서》《조흔파문학전집 8권》《얄개이야기 총20권》 등이 있음.

조흔파얄개걸작시리즈 8
얄개·에너지 선생
조흔파 지음
1판 1쇄 발행/2018. 5. 5
펴낸이 고정일
저작권 정명숙
펴낸곳 동서문화사
창업 1956. 12. 12. 등록 16-3799
서울 중구 다산로 12길 6(신당동 4층)
☎ 546-0331~6 Fax. 545-0331
www.dongsuhbook.com

*

이 책의 출판권은 동서문화사가 소유합니다.
의장권 제호권 편집권은 저작권 법에 의해 보호를 받는 출판물이므로 무단전재와 무단복제를 금합니다.
사업자등록번호 211-87-75330
ISBN 978-89-497-1671-8 74800
ISBN 978-89-497-1663-3 (세트)